長白山新派叢書

张福有 主编

沈鹏云诗词选

沈鹏云◎著

时代文艺出版社

图书在版编目（CIP）数据

沈鹏云诗词选 / 沈鹏云著．—长春：时代文艺出版社，2019.7
（长白山诗派丛书 / 张福有主编）

ISBN 978-7-5387-6053-8

Ⅰ．①沈… Ⅱ．①沈… Ⅲ．①诗词－作品集－中国－当代 Ⅳ．①I227

中国版本图书馆CIP数据核字（2019）第013579号

出品人　陈　琛
产品总监　郭力家
责任编辑　李天卿
封面题字　王云坤
装帧设计　孙　利
排版制作　毛倩雯

沈鹏云诗词选

沈鹏云 著

出版发行 / 时代文艺出版社
地址 / 长春市福祉大路5788号　龙腾国际大厦A座15层　邮编 / 130118
总编办 / 0431-81629751　发行部 / 0431-81629755　北京开发部 / 010-63108163
官方微博 / weibo.com / tlapress　天猫旗舰店 / sdwycbsgf.tmall.com
印刷 / 三河市万龙印装有限公司
开本 / 710mm × 1000mm　1 / 16　字数 / 242千字　印张 / 17.5
版次 / 2019年7月第1版　印次 / 2019年7月第1次印刷　定价 / 105.00元

“长白山诗派丛书”编辑委员会

巍峨长白　张福有 摄

⊙ 2011 年 8 月 22 日，张福有在长白山天池

主编简介

张福有，别署养根斋，祖籍辽宁东港，1950年生于吉林集安良民村，中央党校研究生，研究员。中国文联全委，中国摄影家协会理事，中国作家协会会员，中国书法家协会会员。曾任集安县委办公室副主任，通化地委办公室副主任，吉林省委副秘书长兼办公厅副主任，白山市委副书记兼政协主席，吉林省委宣传部副部长（正厅长级）兼吉林省社科联党组书记、副主席，吉林省文联（吉林省作协）党组书记、副主席和吉林省社科院副院长，吉林省政协常委，中华诗词学会二届、三届副会长等。现为中华诗词学会顾问，吉林省诗词学会会长，长白山诗副社长，《长白山诗词》主编，吉林省长白山文化研究会会长，吉林省文史研究馆馆员，吉林师范大学客座教授，中国社科院东北工程专家组成员，吉林省文物局集安麻线高句丽碑、安图长白山神庙遗址、抚松枫林遗址专家组成员。著有《养根斋诗词选》《张福有诗词选续辑》《诗词曲律说解》《长白山诗词史话》《高句丽王陵统鉴》等，辑笺《长白山诗词选》，编著《长白山诗词论说》《百年苦旅》《集安麻线高句丽碑》等，主编《长白山池南撷韵》等三十多部，有三十多项考古新发现，填补空白，纠正误识误读。2012年荣获“全国优秀科普名家”称号。被《长白山诗词》和“诗词中国”推荐为：“吉林诗家”“中华诗人”。力行以诗证史，倾心培育长白山诗派，为长白山文化研究和建设做出开拓性贡献。

长白瀑布　张福有 摄

⊙ 沈鹏云

作者简介

沈鹏云，男，1949年10月29日生。吉林广播电视大学原党委副书记兼纪委书记（正厅级），《书法艺术》责任课教师。现中华诗词学会常务理事，吉林省诗词学会副会长兼秘书长，吉林省楹联学会理事。著有电大教材《邓小平理论概论》《中外名著导读》，个人诗集《秋实集》，许多诗词赏析及及理论文章散见于《吉林日报》《中华诗词》《中华军旅诗词研究》《长白山诗词》《榆林诗词》报纸刊物。

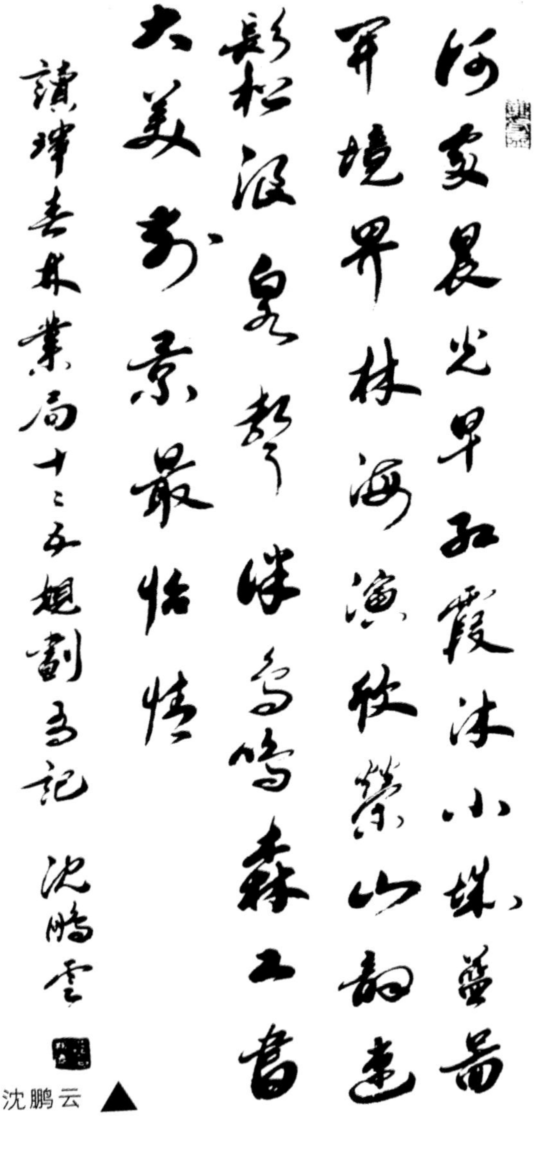

沈鹏云 ▲

⊙ 沈鹏云书法

总　序

经过多年的策划，“长白山诗派丛书”今年终于全面启动了。

早在1994年春，时任中共白山市委副书记蒋力华建议拙斋编辑《长白山诗词选》，并云：“担纲者，非兄莫属也。”拙斋深感兹事体大意深，可做，亦应做好。只是时任中共吉林省委副秘书长兼办公厅副主任，分管综合、信息、督查等政务工作，没有时间去做。1996年5月9日，拙斋亦被省委派到白山，任中共白山市委副书记兼市政协主席。当晚席间，力华说：“老兄，《长白山诗词选》这回可以动手了吧？”我答：“此事现在真的可以做了。”

此后，两年的业余时间，均做此事，每天只睡两到四个小时。辛苦，但很充实，也很快乐。

1998年9月8日，拙斋在白山市主持召开了全国第三次长白山文化研讨会暨《长白山诗词选》首发式。应拙斋之请，时任吉林省政协主席张岳琦同志莅临会议。中华诗词学会孙轶青会长写来贺诗。中华诗词学会常务副会长、《中华诗词》杂志社社长梁东，副会长、《中华诗词》主编刘征，副会长兼秘书长、《中华诗词》常务副主编周笃文，副会长、《中华诗词》常务副主编杨金亭，副会长、河南省诗词学会会长林从龙，中华诗词学会顾问、广西政协副主席、诗词学会会长钟家佐，《诗刊》常务副主编丁国成，著名诗词理论家丁芒等国内诗词大家齐聚白山，共襄盛举。会上，诸位诗词界权威盛赞《长白山诗词选》的辑笺和出版发行。丁芒先生着重谈了《长白山诗词选》的史学意义。梁东先生说："白山市委能从历史文化遗产中吸取力量，从几千年历史中展望未来，难能可贵。"刘征先生说："张福有同志辑笺《长白山诗词选》的出版，为繁荣中华诗词做出了不可磨灭的贡献。"周笃文先生说："词的源头可以追溯到《纪辽东》。《长白山诗词选》收录了隋炀帝和王胄的《纪辽东》，既是对长白山文化的贡献，也是对中华诗词的贡献。"杨金亭先生说："随着《长白山诗词选》的出版，呼唤长白山诗派的出现。《长白山诗词选》的出版，不仅是张福有同志对长白山文化的贡献，对繁荣中华诗词也做出了不可磨灭的贡献。这部书的问世，为研究长白山文化在中华文化中的个性与特色，提供了资料。这对于建设长白山诗派，很有益处。现在，全国的诗词创作空前活跃，不足之处是缺少诗派，或者说，有的流派还在形成之中。随着《长白山诗词选》的出版，呼唤长白山诗派的出现。只有众多诗派形成之后，才能有真正的诗词的繁荣。"这都是十分难得、甚为宝贵的评价和建议。尤其是杨金亭先生的意见，对于我们吉林省的诗词创作，具有特别重要的指导意义。中华诗词学会这几位先生的重要讲话，均收录在2001年10月出版的《长白山诗词论说》一书中，由时代文艺出版社出版。

培育长白山诗词流派，最重要的是加强诗词建设。加强诗词建设，是一项宏大的事业，要将其作为事业来对待。要有事业心和责任感，在队伍建设、阵地建设、理论评论建设、风格流派建设等方面取得突破。就此问题，我们抓了三十年，大致分为三个阶段：

第一个阶段是前十年。从1987年5月15日吉林省诗词学会成立，到1998年9月8日全国第三次长白山文化研讨会暨《长白山诗词选》首发式的举办。这十年多，主要是打基础，从组织上做准备和铺垫。长白山诗社几位社长特别是文中俊先生，做了很多工作。这十年多，虽然没有明确吉林的诗词发展要以什么为目标和主攻方向，但加强队伍建设、办好《长白山诗词》，传承旧体诗词、发展和繁荣诗词创作等方面，是明确的，而且是非常重要的。这是打基础的阶段。

第二个阶段是中十年。从1998年9月8日到2008年9月12日，即从全国第三次长白山文化研讨会暨《长白山诗词选》首发式起，到吉林省诗词学会第二次会员代表大会的召开。主要目标是深入挖掘长白山诗词的历史底蕴，建立、健全各级诗词组织。

长白山诗词底蕴深厚，从《诗经》的“大东”“追”“貊”“商”，到词的源头《纪辽东》；从汉、魏、晋、唐、宋，到辽、金、元、明、清，长白山诗词源远流长，而且有优秀的传世作品。隋炀帝的《纪辽东》，唐太宗的《辽城望月》，李白的《高句丽》《送王孝廉觐省》，张元幹的《念奴娇》，萧太后的《秋猎》，王寂的《渡辽》，赵秉文的《长白山行》，刘敏中的《卜算子·长白山中作》，朱元璋的《鸭绿江》，康熙的《望祀长白山》《柳条边望月》《松花江放船歌》等，吴兆骞的《长白山》《长白山赋》，乾隆的《驻跸吉林境望叩长白山》《望祭长白山》《吉林览古杂咏》《吉林土风杂咏十二首》等，张凤台的《赠刘建封》，刘建封的《白山纪咏》等，十分珍贵，不可多得。尤其是“三吴”——吴兆骞、吴大澂、吴禄贞，二沈——沈承瑞、沈兆禔，“吉林三杰”——成多禄、宋小濂、徐鼐霖，在长白山诗派中都堪称独树一帜，成就斐然。

《长白山诗词选》出版之后，我又陆续查找到一些与长白山直接有关的诗词。如，从金代王寂的《张子固奉命封册长白山回以诗送之》七律中可知，金代是派张子固到长白山北的神庙即安图“宝马城”封册长白山神为“开天宏圣帝”的。此事，《金史》中无记载，是以诗证史的典型例证。2009年，我将王寂这首七律收录进《长白山池南撷韵》一书，由吉林人民出版社出版。从王寂《鸡儿花》的五律中，可知他在信州偏脸城中的大明寺住过。曹雪芹的祖父曹寅，随康熙东巡到过吉林，有词《满江红·乌拉江看雨》，可谓坚证。吴大澂在《皇华纪程》中留下很多诗词，一路上在吉林境内吃住过好多地方。其实，他在第一次奉使吉林时（光绪六年腊月十五晚）就住在敦化官地镇岗子村，当时叫通沟镇，通沟驿站就是吴大澂增设的。通沟驿站的位置，与现在的通沟书院紧相比邻，仅距几十米。这都是不可多得的力作和掌故。这些长白山诗词作品，奠定了长白山诗词流派的根基。这是一笔非常宝贵的精神文化遗产。

我们要培育、建设长白山诗词流派，首先要深刻认识古人这些长白山诗词作品的重要价值，从中汲取养分，才能将其很好地传承下去。全省多数市州和有条件的县市区，都建立了诗词组织。2001年，由翟志国选编的《长白山诗词精选》，收录了《长白山诗词》自1985年创刊到2000年十五年间的诗词精品，正式出版。2003年出版的拙著《一剪梅情缘》，事由李克谦先生发端，俞平伯之子俞润民、陈煦伉俪热心助力，欧阳中石先生题写书名，严迪昌先生作序，全国近三百位诗人参与，感动了全国诗词界，其中的主要文章被收入《中华诗词年鉴》。

《长白山诗词选》出版以后，得到书法家的高度重视。徐邦家先生率先书写，出版专著。全省很多县市的县志、市志中，选入与当地有关的长白山诗词。吉林省地方志办公室又让我从志书里的诗词中，选收《志咏长白》等一百首，专门出版。《长白山诗词百韵》，是根据蒋力华先生的提议，由我从《长白山诗词选》中选录的。这一百首诗词，周至清代六十首，民国十首，当代三十首。书已出版，书法作品还举办了展览。

第三个阶段是后十年。从2008年9月13日到2018年4月4日，即从吉林省诗词学会第二次会员代表大会的召开起，到这次编辑的“长白山诗派丛书”书稿送交时代文艺出版社。

2008年9月13日，我们召开了吉林省诗词学会第二次会员代表大会。经会长办公会讨论、张岳琦会长审定，我在报告中提出“发展振兴我省诗词事业，培育、建设长白山诗词流派，使之进一步融入全国诗词由复兴走向繁荣的大潮”的五项主要工作任务：一是，扩大诗词队伍，加强组织建设；二是，提高创作质量，办好《长白山诗词》；三是，深入生活，深入实际，多创作关心时事、反映现实、感悟人生的作品，使之成为诗词创作的主流；四是，加强对外交流；五是，与时俱进，积极开发电子网络传媒中的诗词活动。其中主要是通过大规模采风创作，锻炼、提高队伍，坚持出版大型主题诗词集。这期间，在集安、长白山池南区、江源、通化县、公主岭、白城、农安、辉南、珲春、图们、梅河口、通榆、长白山池北区、四平、东丰、吉林市龙潭区江密峰镇、敦化等地举办的诗词采风和诗词活动中，我们都反复强调培育、建设长白山诗词流派这一重要工作，形成共识，齐心协力地抓落实，见到显著成效。

2010年3月21日，中华诗词学会顾问、《中华诗词》主编杨金亭先生在我省农安诗人叶宝林的诗词研讨会上高兴地说：“可以说，长白山诗词流派，现在已经初步形成。”这是杨金亭等先生对吉林和东北诗词事业的充分肯定。

三十年间，我们主要做了以下工作：

一是，连续组织大型采风活动。

1. 2005年4月23—24日，关东诗阵第一届年会暨杏花诗会在白城市召开。

2. 2006年，关东诗阵年会暨百家诗人咏黄龙活动于7月12—13日在黄龙府农安召开。

3. 2007年4月29日—5月2日，在集安召开年会，著名诗人熊东遨、包德珍、韩林坤、张驰参加。出版采风诗集《历代诗人咏集安》。

4. 2008年3月16日，由耐寂轩主主编的《长白山诗词》刊发《关东诗阵专号》，共收关东作者一百三十余人，近五百首作品。

5. 2008年9月5—7日，由长白山池南区管委会、关东诗阵联办的“长白山池南颂采风之旅暨关东诗阵2008年年会”在长白山池南区召开。出版采风诗集《长白山池南撷韵》。

6. 2009年3月23日，在中共吉林省委宣传部的大力支持下，召开了《长白山池南撷韵》出版座谈会，来自吉林、黑龙江等地的六十多位作者代表出席。

7. 2009年6月12—14日，在公主岭市举办“公主岭诗乡之旅暨关东诗阵2009年年会”，著名诗人熊东遨、李枝葱参加。出版采风诗集《公主岭风韵》。

8. 2009年7月，通化县“酒海溢香”诗会。出版采风诗集《酒海溢香》。

9. 2009年9月28—30日，由白山市江源区、中华诗词论坛、吉林省诗词学会、长白山文化研究会主办，中共白山市江源区委宣传部、关东诗阵、江源区文化旅游局承办的“江源毓秀金秋采风”活动暨《百年苦旅》首发仪式、庆祝关东诗阵成立五周年大会在江源区举行，包德珍、张驰再度参加。出版采风诗集《江源毓秀》。

10. 2010年5月，举办白城杏花诗会，熊东遨、钱明锵参加。

11. 2010年7月6日，在辉南玛珥湖山庄举办“当代诗人咏辉南龙湾采风行”活动。出版采风诗集《当代诗人咏辉南》。

12. 2010年9月11日，农安诗会暨关东诗阵2010年年会。出版《黄龙逸韵》。

13. 2011年6月，再次组织通化县采风活动，召开关东诗阵2011年年会。出版采风诗集《诗人走进通化县》。

14. 2011年8月，《图们江放歌》出版。8月19日—21日，在图们市朝鲜族百年部落举行首发式，三十位诗友聚集一堂，围绕《图们江放歌》出版发行的历史意义、文化价值、培育长白山诗词流派等问题开展研讨。

15. 2011年12月，《辛卯开岁联唱集》出版。

16. 2012年7月20—22日，梅河口采风活动，召开关东诗阵2012年年会。采风作品收入《梅津汇律》《海龙吟》。

17. 2012年9月22—23日，《珲春韵汇》《延边礼赞》出版，为延边设州六十周年献上厚礼。

18. 2013年8月5—6日，通榆向海采风活动，召开关东诗阵2013年年会。出版采风诗集《鹤乡雅韵》。

19. 2014年5月28日，中共四平市铁东区委、区政府和四平市诗词学会，共同举办“纪念纳兰性德诞辰三百六十周年端午诗会”，吉林省诗词学会参加活动。

20. 2014年7月4—6日，《诗情画意鹿乡行》采风启动仪式在东丰县举行。“中华诗词论坛·关东诗阵”的主力五十位诗友参加采风，召开关东诗阵2014年年会。12月31日，中共东丰县委、县政府隆重召开《诗情画意鹿乡行》首发式，有七百多人参加。

21. 2014年8月28日，中华诗词学会主办的“寻梦纳兰性德祖地，走进诗情画意四平”诗词研讨会在四平市铁东区叶赫大架山晨亮会馆举行。全国诗人走进四平，省诗词学会大力支持。四平市诗词学会为了宣传纳兰性德祖居地，研究纳兰性德诗词，还举办了纳兰性德诗词大讲堂。

22. 2015年12月18—21日，“纪念刘建封诞辰一百五十周年长白山诗会”在长白山一山一蓝生态主题酒店举行。诗词中国组委会代表、中国出版集团中版文化传播公司总经理助理沈昊，向“诗词中国创作基地定点合作单位”一山一蓝生态主题酒店、长白山历史文化园授牌。2015年度关东诗阵年会召开。会后结集出版《韵补东荒》。

23. 2016年9月23—25日，吉林省诗词学会组织东北三省部分诗人在吉林市龙潭区江密峰镇采风。“精彩龙潭”诗词座谈会暨关东诗阵2016年年会在龙潭区档案馆召开。关东诗阵九名版主参加了这次活动。

24. 2017年4月29日—5月1日，“敖东绮韵”关东诗阵2017年年会在敦化举行。敦化市诗词学会和通沟书院于亚茹院长给以大力支持。

关东诗阵的年度采风，得到了吉林省委原书记王云坤的高度重视和鼎力支持，多次题写书名，得利了吉林省政协原主席、中华诗词学会顾问、省诗词学会老会长张岳琦和中共吉林省委原副书记、省诗词学会顾问唐宪强的大力支持。只要能脱开身，他们都尽量到采风市县参加活动。平时，也帮助省诗词学会解决不少难题。吴文昌同志曾任中共吉林省委组织部副部长、吉林省人事厅厅长等职，出任“中华诗词论坛·关东诗阵”首版助理，帮助论坛把关定向，做了很多重要工作。个人出版有《临清集》《俯仰集》等三本诗集。聂德祥同志退休前任吉林省诗词学会副会长，是学会资历最深的副会长，出版有《试剑集》和《虎啸集》，积累了大量资料和诗词档案，为学会的建设做了很多工作。在每年诗词采风之后的编书工作中，副会长翟志国的从严把关让人记忆犹新。出力最多的是副会长温瑞，眼明手快，加快了进度，保证了质量。副会长邵红霞和关东诗阵首版助理高丰清多次参与编书。除了采风之外，我们还根据中华诗词学会的部署，编辑出版了《中华诗词文库·吉林诗词卷》，堪称是对长白山诗词流派建设成果的一次集中检阅。我们还根据中华诗词学会的部署，编辑了《当代中华诗词集成·吉林卷》。

二是，坚持办好《长白山诗词》，出版具有地域特色的诗词作品集。《长白山诗词》，有国内外公开刊号，张岳琦主席提出明确的办刊理念：“扎传统之根，开时代之花，育佳作之林，建诗友之家。”双月刊，现已出刊一百四十八期。

在采风之后正式出版的大型主题诗集之外，我们还编辑出版了《香远溢清》《百年苦旅（诗贺）》《戍楼浩咏》《人民警察颂》《法书吟鉴（诗贺）》《李元才书法集（诗贺）》《白山纪咏》《雪域情怀》《纪辽东》《辛卯开岁联唱集》《松花玉咏》《长白山黑陶》《公主岭玉米之乡》《吴景升文集（诗贺）》等诗集。九台、德惠、农安及白山、集安、通化县等地，都有固定的诗词刊物和诗集出版。真可谓硕果累累，被中华诗词论坛张驰先生称为“关东诗阵现象”“吉林诗词现象”，被周笃文先生誉为“关东铁军”。

关东诗阵的历任首版及版主，无偿做了大量工作。《关东诗阵·精华卷》，从2004年10月，到2018年3月，共有一百六十二卷，收录精华诗词曲一万零五百八十五首（篇）。其中，诗七千三百一十首，词三百一十六首，曲九十五首，赋四篇，楹联十五副。吉林省诗词建设成就斐然，与长白山诗社序列在吉林省政协有直接关系。三十多年前，中共吉林省委强晓初书记大力支持成立长白山诗社和省诗词学会，诗社有编制、有经费、有公开正式刊号。张岳琦主席等吉林省政协主要领导继续大力支持，使得吉林的诗词事业不断发展。

在近十一年由吉林人民出版社等出版的二十多本大型主题诗集中，有诗词三万多首，其中约有两万首是相对集中写长白山的诗词作品。这是长白山诗词流派的重要内容和代表作。采风所得的丰富作品与大家平时创作的作品，构成“长白山诗派丛书”的坚实基础。出版《会意天风合律鸣》等八本诗词专辑的中共吉林省委宣传部原常务副部长、省诗词学会副会长蒋力华同志，对长白山诗词创作取得的这些丰硕成果，由衷地高兴，指出：建设“诗域吉林”，已经初见成效。

三是，重在培养提高创作队伍。吉林省内多数市州县区，都有诗词组织和刊物。很多诗人都出版了自己的诗词专辑，有的出版过多本。白城“四匹狼”、德惠“三花一剑”、磐石“草堂八友”、“佟江七子”、“通化八拙”等，名传省外。李容艳、陈淑艳等诗友将关东诗阵每年一度的采风创作称之为“拉练”。每次“拉练”，关东诗阵都是主力。以《长白山池南撷韵》为例，本书作者来自全国二十三个省、市、区一百九十八人，其中，东北三省九十八人，占近百分之五十。在东北三省的九十八人中，吉林省八十一人，占百分之八十二点七。在中华诗词学会举办的六届

"华夏诗词奖"中，先后有邵红霞、奚晓琳、张文学获一等奖，翟志国、于德水、褚艳芳、寇彦龙、李红光、赵丽萍、李振平获二等奖，刘庆霖、陈旭、吴菲、边郁忠、张彦、于海凤、吴文昌、田子馥、宋轼霖、张英玉、张景芳、叶剑波、冯振江、房爱广获优秀奖。其他奖项吉林诗人就更多了。

被诗词界誉为"诗坛铁军"的这支队伍，招之即来，来之能咏。人民出版社出版的《呼唤》，中华诗词学会第四次会员代表大会的志贺诗《蟹岛唱和集》，近三年恭王府的《海棠雅集》，在很短的时间内，我在大家的支持下，均约提供了二分之一的作者、三分之二的作品。

四是，积极争取发展繁荣长白山文化、长白山诗词进入吉林全省工作决策中。根据我们的建议，长白山文化建设包括长白山诗词建设，陆续被写入省党代会报告、省委全会的决议和省政府、省政协的工作报告中，写入省委常委会、省政协的年度工作要点中，真正进入全省的工作决策。这是前所未有的重大转变，标志着长白山文化、长白山诗词建设，已经由研究层面，进入到实施层面，意义重大，影响深远。这一重大转变的时点，恰逢长白山得名一千周年之际。据《辽史》记载，辽圣宗统和三十年（1012年），"长白山三十部女直乞授爵秩"，并有"长白山女直国大王府""鸭绿江女直大王府"之说。女直即女真，因为避辽兴宗耶律宗真之讳，辽改女真为女直。在长白山得名一千周年之际，吉林省政协于2012年6月27日，在省宾馆成功地举办了长白山文化发展论坛，机遇巧合，意义殊深。时任省政协主席、后为省长、现为省委书记的巴音朝鲁主持会议，时任全国政协副主席孙家正到会做重要讲话，省政协副主席任凤霞主持第二阶段论坛，省政协书画院院长、省诗词学会副会长蒋力华具体负责筹备这次长白山文化发展论坛。著名学者余秋雨先生和我发表主旨演讲。我的讲演的重要内容，就是阐述长白山文化是代表吉林文化的标志性符号，长白山诗词是长白山文化的精粹，介绍长白山诗词流派的重要成果。

五是，凭借网络、手机等现代传媒手段，开展全国联动唱和。吉林省诗词学会与中华诗词论坛合办关东诗阵。有了这个平台，堪称如虎添翼。正是利用这一平台，从2005年开始，我发起了贺春唱和。每年从腊月廿三“小年”开始，到次年正月十五结束，开展同韵贺春唱和，成为当代中华诗词的一道靓丽风景。2011年春节，由沈鹏、周笃文、张福有、张岳琦四家发起辛卯开岁联唱，在内地及港澳台地区引起了热烈反响，上万名诗歌爱好者上网参与，以祈福祖国、讴歌时代和歌唱生活为主题的联唱，为新春佳节增添了浓郁的中国传统文化气息。仅半个月时间，高筑吟楼八百九十九楼，点击一万三千多人次，参与唱和的诗人遍布内地三十一个省、市、自治区、直辖市和香港、澳门特别行政区以及台湾地区。这是2005年春节以来贺春的高潮，内地三十一个省、市、区和港、澳、台地区三百多位诗人参与和诗，共得同韵和诗三百八十三首，陕西旅游出版社出版了《辛卯开岁联唱集》，《人民日报》2011年11月22日做了报道。2011年，张岳琦主席的“先”韵和我的“芳”韵唱和，仅半月时间，有近千人参加，加上步四家联韵，三韵共收和诗一千二百三十首，盛况空前，史无前例。周笃文先生盛赞曰：“真昭代祥瑞也！”“功德无量！”

2012年春节，更是高潮迭起。初一漏夜，书坛泰斗沈鹏先生以手机发给我七律的首联。我即转给周笃文先生得续颔联，返我后又接成颈联发给张岳琦先生，足成一律。我将其发至网上，并提示诗友云：为客岁四家联唱之继响也，不啻当今吟坛又一雅事。

从2005年乙酉到2016年丙申，地支满一轮，历经十二年，得内地三十一个省、市、区一千二百四十多位诗人响应，共得贺春和诗四千二百多首。2016年，我们悉遵蒋力华君雅意，以《长白山诗词》2016年增刊形式，编辑出版了《春韵满神州——十二年贺春唱和集》，收录一千二百四十余位作者两千六百多首诗。2017年和2018年，又收到一千余首同韵和诗。每年春节的贺春活动，都迅即传播到很多网站。贺春主题帖成为全国诗词界目前吟楼最高（超千层）、人气最旺（过万点）的热帖。广大网友评价，网上和诗迎春，堪称一个创举。这些活动的成功，发起者因势利导，组织者既是诗人，同时又能亲自上网。张岳琦同志和周笃文先生每天都亲自上网看稿，发现情况，随时沟通协调。在和诗过一百首、二百首、三百首、五百首之后，我们相继依原韵作诗感谢诗友。春节期间，我每天都在网上工作十六个小时左右，一千多楼的跟帖，除极个别者外，每帖必回，好的给以鼓励，致以谢意；遇有出律的和需要修改的，提出意见和建议，有的还要反复多次才能定稿并不断编帖。讨论中，充分发扬学术民主，尊重作者意见。同时面对近千名作者，我都通过论坛短信、电子邮箱和手机，及时掌握作者的姓名、地址、邮编、电话，建立通讯录，出书后，给作者寄书。

大量艰苦细致的工作，赢得了广大诗友的敬意和感佩。2011年春节，安徽诗人胡宁在回帖中写道："什么叫精气神？什么叫凝聚力？"张岳琦先生在给我的短信中写道："联句唱和，蔚为壮观。此乃今年诗坛特有的盛事！工作浩繁，完全是奉献。"周笃文先生称赞道："开岁诗联唱活动形成了一种新的网络文化现象，在互联网飞速发展并影响着人们生活的今天，还有这么一群诗歌爱好者拥有着健康向上浪漫诗意的过年方式，堪称诗坛铁军，真是奇迹！"并致信于我："爱兄之骆驼精神，诗坛殆罕其匹也！"周笃文先生欣慰地说："这次活动还是一次成功的探索，它激活传统，继雅开新；网络诗文，表现当代。"

每年网上贺春结束后，我都在蒋力华的支持下，选二三十首精品佳作转给《吉林日报》刊发，《长白山诗词》也选发百八十首，做到网刊互动。

2018年的贺春活动，共收到和诗四百五十多首。《长白山日报》以三个版的篇幅，刊发一百五十首。《协商新报》刊发五十首，《城市晚报》刊发三十六首，《长白山诗词》第3期刊发一百二十首。

六是，创立新词牌，精心创作继雅开新的标志性作品。马凯先生提出“求正容变”，周笃文先生提出“继雅开新”，深有见地。就此，我们做了一些探索。

（一）规范《纪辽东》词谱，三年多全国有二十八个省、市、区三百多位诗人创作《纪辽东》四千多首。隋炀帝，即杨广（569—618），首创《纪辽东》，堪称不朽。大业八年（612年），隋炀帝伐高句丽，渡辽水，大战于东岸，并作《纪辽东》。其中“轻歌凯捷丸都水”句，“丸都水”在《全汉三国晋南北朝诗》《隋书》和《奉天通志》中均作“九都水”，乃误。我在辑笺《长白山诗词选》时将其订正为“丸都水”。“丸都”，系高句丽都城国内城的守备城——丸都山城，在今吉林省集安市城西北二点五公里处。而九都，于历史、地理等方面均不确。“丸都水”，确指应为丸都山城下的通沟河。通沟，亦称豆谷、洞沟。1998年9月8日，时任中华诗词学会副会长兼秘书长周笃文先生指出，根据任半塘先生的论断，隋炀帝和王胄的《纪辽东》，当是词的源头。之后，周笃文先生还给我转来任半塘先生论及曲辞起源应始自隋代之大札，征引旁博，确凿不移。任半塘先生的论断是可信的。宋词源于唐曲子，唐曲子自燕乐出，实始于隋。这就将词起源于晚唐、中唐之说，又向前推进了。宋人郭茂倩明确指出：“《纪辽东》，隋炀帝所作也。”即录以冠“近代曲辞”。龙沐勋肯定《纪辽东》“为倚声制词之祖”，“为词体之所托始”，这应当是不争之定说。隋炀帝的《纪辽东》，传到敦煌莫高窟中，以《求因果》为名，有四十五首。之后，两宋、金、明、清历代，都不乏类似《纪辽东》的词作，只是调以《武陵春》《贺圣朝》《导引》《祝英台》《双头莲令》《隔溪梅引》《阮郎归》变格等别名。这些词牌及作品与《求因果》《纪辽东》在体式上的联系在于“七五为章”，上下两片，四十八个字；差异在于平仄、韵脚变化增多且不换韵。词之源头，是隋炀帝的《纪辽东》。《纪辽东》，开长白山诗词之先河。词的源头能与世界文化遗产吉林集安之丸都山城乃至长白山文化相连，实为中华诗词发展史上之佳趣，更是长白山文化、长白山诗词、集安文苑中不可多得之瑰宝。2009年秋，我借《江源毓秀》创作之机，依隋词体格，作七言五言，双调联章，边创作边作规范平仄与用韵。以七律格式为底本，对于五言句，减偶数句七言句前二字。共得四种格式，就首句末二字论，有平平脚、仄平脚、平仄脚、仄仄脚四种，兼有些许变化。平仄粘对同律，词性不用对仗。仄平脚句要防孤平，可用拗救。此外，一三五不论，二四六分明。平收，均用平韵。仄收，同韵部叶仄，也可不叶。拙文在《长白山诗词》2009年第6期和“中华诗词论坛·关东诗阵”发出之后，立即得到周笃文先生的鼎力支持，挤出宝贵时间惠赐《贺〈纪辽东〉词谱问世寄张福有并序》，誉之为：“《纪辽东》词谱得福有兄悉心整理，厘定四格并亲制六组二十四阕，以为发凡起例。此大功德也，堪称不负平生之名山事业。”《中华诗词》2010年第8期，刊登了拙文《规范词谱传承〈纪辽东〉》。2010年9月25日，我在全国第二十四届（浙江乐清）中华诗词暨夏承焘、吴鹭山学术研讨会上宣读了《规范词谱传承〈纪辽东〉》的论文，此后，又上来一些作品。至此，可以说我们传承《纪辽东》的初衷完全得以实现。2011年4月，吉林人民出版社出版的《纪辽东》专辑，收录《纪辽东》一千八百一十五首。当隋炀帝初征高句丽、创作《纪辽东》一千四百周年之际，《纪辽东》突破四千首。仅蒋力华一人，就创作《纪辽东》四百多首，出版《纪辽东》专辑《天风直引大荒边》。李容艳以刘建封与拙斋的六十首《白山纪咏》为题材，一气呵成专题纪咏《纪辽东》六十首。繁荣《纪辽东》，以慰先贤，期启后世，已成现实。

（二）张文学创《玉甸凉》词体。《纪辽东》是整理古词，规范词谱所得。纯属吉林诗人自创词谱，近年有《玉甸凉》《一剪梅引》《海龙吟》。2007年，吉林省诗词学会副会长张文学先生草创《玉甸凉》，当时自度一曲，因词中有“玉甸生凉”，长春女诗人吴菲建议以《玉甸凉》名之。温瑞等整理了《玉甸凉》词谱，遂得一百九十四首《玉甸凉》作品。后来得知《新修康熙词谱》中有《玉簟凉》，音同意别格异，乃一趣也。

（三）赵光泽自度词，我帮其修改并制《一剪梅引》词谱，得佳作二百八十多首。2010年7月23日，我们与通化市诗词学会和辉南县诗词学会共同组织了“当代诗人咏辉南”采风创作活动。辉南县诗词学会会长赵光泽等自度一曲《辉发怀古》，在括号中标明：“自度，无名，请养根斋斧正赐谱为盼。”初稿共十句，一百零四字。我当时正在图们市参加“图们江文化研讨会”，起早试改并制谱。这个谱十分好记，就是将《一剪梅》在七字句前加一相对的七言律句，并作为一片。再重复一片，即为全词。叠韵处，可以不用叠韵，而选用“红了樱桃，绿了芭蕉”式的对偶韵句。但韵脚过密会给创作增加难度。第一个四字句不押韵亦可，如“燕子回时，独上西楼”。通过网上讨论，温瑞整理了六式词谱，迅即掀起创作热潮，辉南采风期间，创作三百多首《一剪梅引》，《当代诗人咏辉南》一书中选编二百二十多首。2010年，在侯振和先生建议下，又收到《一剪梅引》近百首，《图们江放歌》一书中选编六十六首。这两部诗集所收三百首《一剪梅引》，多为精品。

（四）我创《海龙吟》词谱，出版专辑。2012年夏日，为商定梅河口采风暨中华诗词论坛成立十周年事，我三下梅河口。市政协及市诗词学会遵市委领导同志意见，高度重视，精心设计，诸多要项、细节，日渐清晰。王志明兄提示，江源采风，《纪辽东》兴；辉南与图们采风，《一剪梅引》新牌创立得获颇丰。梅河口采风，亦应有所标记。李延平录白万金考乾隆诗《海兰河屯有序》予拙斋，得知“海兰霍吞”即“海兰河屯”。此地多生榆树，故民间称为榆城。遂认同“海龙”当为“海兰”之异写。读罢取其题与序中“海”字、诗文中“龙”字，亦恰合梅河口市旧名海龙县，又近词牌《水龙吟》，故作《海龙吟》，双调小令，四十二字，四仄韵，上下片六言句，宜用对仗。结，五字句，宜去声一字领，上一下四。

主要句式，从《水龙吟》中析出，求其简便。有了词谱，我先抛砖，率作二十六首《海龙吟》。梅河口采风期间，共收到《海龙吟》一千五百多首，选编一千二百三十四首，在吉林人民出版社出版了《海龙吟》专辑。

长白山文化是古老的，长白山诗词的传承是全新的。我们比较注意防止对长白山文化、长白山诗词的误解与误导。针对“东陲无文”“长白山没有文化”之类的片面认识，多做一些说明和介绍。特别是利用我们在考古田野调查中的新发现，深化对东北史和长白山区开发史、长白山诗词发展史的研究。

2014年10月20日8时31分，我在抚松发现枫林遗址和长白山手斧。手斧是打制的，是旧石器概念。据吉林大学教授、中国考古学会旧石器专业委员会副主任陈全家先生鉴定，长白山手斧距今约五万年，石斧是磨制的，是新石器概念。手斧是人类第一次懂得对称美、掌握对称艺术制成的生产劳动工具。2015年7月7日下午4时29分，我在抚松漫江发现长白山石磬，后经专家鉴定，将其定名为“长白山石磬1号”，一磬双音，小三度，应是新石器时代的打击乐器。原始人的诗性思维，与长白山人的诗意创造，在一开始就浑然一体！因而，诗意长白，是长白山人伟大的历史创举和不朽杰作。长白山手斧与长白山石磬，本身就是绝妙的史前诗。

我们今天所用“长白山诗派”这个概念，有其特定的含义。长白山雄伟壮丽的自然景观，是诗词创作的不竭源泉；深厚的历史文化底蕴，是诗词创作的牢固根基；反映长白山文化建设的成果，是诗词创作的重要题材；保护长白山生态、发展长白山文化产业的需求，是诗词创作的持久动力。这些方面，是对长白山诗派的直观诠释和诗意表达。

近些年来，我们在长白县发现战国时赵国的积坛，连同此前曾在长白县八道沟发现赵国蔺相如的青铜戈，考证在集安阳岔发现的赵国阳安君李跻的青铜短剑，在集安的良民发现公元247年东川王所筑高句丽的第一个平壤城，考证辽源龙首山城一带是扶余的后期王城，燕秦汉长城到了吉林境内，《史记》中的“筑障塞”，《汉书》中的“起营塞”，通化平岗山祭坛和敦化官地岗子遗址、岗子类型的全新发现，为寻找燕赵文化东进、汉代郡县和史书中的挹娄、靺鞨白山部及渤海国东牟山，开拓了全新的视野。考古田野调查为长白山文化研究和长白山诗词创作，提出了很多新课题。围绕这些新发现，诗人写了很多诗词，经常在《长白山诗词》上发专栏，在“关东诗阵文库”中建专题。通过诗词创作，积累以诗证史的资料，进而认清这些新发现和新研究成果的重大历史文化价值，这对于正确揭示长白山地区的开发史、提升东北文化软实力，具有重要意义。

所谓长白山诗词，是指描写长白山景物与风土人情的旧体诗词。古今中外，有关长白山的诗词是大量的。长白山诗派的成果，是诗意长白的创作载体和诗化结晶。

长白山诗词流派是历史形成的。从唐宋到辽金，从元明到清，特别是有清一代，长白山诗词十分丰富。纳兰性德，祖籍四平叶赫，其词被称为“北宋以来，一人而已”。著有《东海渔歌》的清代女词家顾春，祖籍汪清，其祖父鄂昌是雍正朝权臣大学士鄂尔太之侄，词名远播。二人被誉“男有成容若，女有太清春”，这二人堪称长白山诗词流派的重要代表。《白山诗介》是乾隆、嘉庆年间由铁保编纂的诗集，共十卷。清代，八旗文人把诗词作品辑成总集，均在题目上冠以“白山”二字。除《白山诗介》外，还有三部：雍正年间由伊福纳编纂的《白山诗钞》，四十余卷；乾隆初由卓其图编纂的《白山诗存》（卷数未清）；光绪、宣统之际，由杨钟羲编纂的《白山词介》五卷。这些汇辑满族诗人的诗词集，均用“白山”来冠名，已经被称为“白山文学流派”。还有《白山诗草》，程渲著。还有《长白山诗》，作者均为满洲已故之人。铁保编著《熙朝雅颂集》的前半部，全是白山诗选。《大东景运集》亦为铁保所辑，收近二百家满族诗人作品，分立小传，标明诗之源流。还有流放宁古塔的清代流人诗，多有佳作、力作。惜目前所见对于清诗流派的研究专著，无涉长白诗派。对于当代长白山诗词，有的研究专著也未置一词，不免遗憾。

长白山诗派，是从历史上白山文学流派中析出之一支。长白山诗词作品的风格，向以“拙、重、大”为标志。王寂在金朝鼎盛时期，以诗词考得进士，以文章政事显称于世。其诗诸如“按辔澄清须我辈，据鞍矍铄奈吾身”，不掩舍我其谁之志；“只凭忠信行蛮貊，岂有文章动鬼神”，毫无委曲求全之音。其诗文清刻镵露，博大疏放，是金代“国朝文派”的代表性人物，其特征是具有“质朴贞刚”的文化气质。此论堪称定评。这一“质朴贞刚”的文化气质，到有清一代，大家林立。吴兆骞的“长白雄东北，嵯峨俯塞州”，“白雪横千嶂，青天泻二流”，沈承瑞的“龙形蟠大野，云气撼沧溟”，“混同天一色，长白雪千堆”，“吉林三杰”翘楚成多禄的“断垒十重摇树色，大江三面走秋声。老来别有兴亡感，不向西风诉不平”均堪称代表作。这类作品，铿锵有力，远胜咿呀软语。今人张文学的“纵使八千岁，也入大荒东”“乔岳巍巍何太白，披甲傲苍穹”“湛湛天池清虚砚，愿将吾、砚尽俱成墨。大写意，忘情泼”，毫无酸腐气，脍炙人口。他的《水调歌头》《金缕曲》，皆以豪放著称，首首俱佳，几乎成品牌。古往今来的一大批诗人、一大批作品，均可列出一大批佳作。加之状写长白山土产、风情、史典、田园的诗、词、曲，乾隆以降，代不乏人，迄今可举黄龙府刘庆霖、东辽温瑞、边台聂德祥以及丸都、梅津、柳河、大东、公主岭乃至辽海、黑水等诸家例证。

不难看出，从金代的“国朝文派”到清代的“白山学派”，逻至今之长白山诗派，一脉相承。长白山诗派，是从历史上的“国朝文派”“白山学派”延续而来的，还将继续发展，不断壮大、完善。

对于长白山诗派，近年来陆续有一些研究论文发表：

蒋力华：《研究长白山文化　弘扬长白山精神》，《社会科学战线》1994年第6期。

张福有：《诗吟长白二千年》，《学问》2001年第1期。

张福有：《长白山诗词探源》，《学问》2001年第6期。

张福有：《试论长白山诗词及其流派》，《学问·东北史地》2004年第11期。

张福有：《长白山文化述要》，《长白学刊》2007年第5期。

赵丽萍：《解读长白山文化的恢宏卷帙——关于〈百年苦旅〉话题》，2012年5月10日《吉林日报》；《韵补东荒》，吉林文史出版社，2018年3月出版。

李容艳：《长白山诗词流派的重要使命》，2012年8月16日《吉林日报》。

王景珍：《日益壮大的长白山诗词流派》，2012年9月13日《吉林日报》。

张英玉：《试谈〈纪辽东〉对长白山诗歌流派的传承意义》，2012年11月1日，《吉林省第七次长白山文化研讨会论文集》。

贾维姝：《从长白山诗词流派看长白山文化的包容性》，2012年11月1日，《吉林省第七次长白山文化研讨会论文集》。

赵凌坤：《长白山诗词流派对长白山文化的历史贡献》，2012年11月1日，《吉林省第七次长白山文化研讨会论文集》。

王丽珠：《长白山文化的核心价值》，2012年11月8日《吉林日报》。

沈鹏云：《长白山诗词：长白山文化的精粹》，2012年12月13日《吉林日报》。

张福有：《长白山诗词流派建设刍议》，《中华诗词》2014年第7期。

黄春华：《长白山诗词述论》，《社会科学战线》2015年第6期；《韵补东荒》，吉林文史出版社，2018年3月出版。

这套“长白山诗派丛书”，先由吉林省长白山文化研究会申请了“吉林省扶持优秀文艺作品专项资金”。这是贯彻落实《长白山文化建设规划纲要》和中共吉林省委长白山文化建设工作会议精神的一项实际措施。编辑出版“长白山诗派丛书”，旨在落实习近平新时代中国特色社会主义思想，加强长白山诗词流派建设，传承长白山文化，以诗词的形式弘扬长白山精神，巩固改革开放和文化建设的成果，增强文化自信，增强长白山文化与长白山诗词的生命力、影响力和感染力，以诗纪事，以诗化人，以诗证史，增加学术储备，提升国家和东北边疆软实力。

“长白山诗派丛书”的基本选题，主要围绕：史迹寻踪，关于写东北历史文化、历史事件、文物古迹、已故人物、英烈事迹等作品；情系山河，关于写东北山水、自然风光、冰雪雾凇等作品，酌收向海鹤、东北虎等自然物产作品；城乡焕彩，关于写东北城市建设、工商事业、新兴产业、农村建设、田园风光等作品；风土弥淳，关于东北风土民情、风俗习惯、民间文化等作品。包括松花石、梅花鹿等咏物作品，酌收日常生活、咏物作品；吟旅扬旌，关于长白山文化建设、关东诗阵、诗事活动、诗乡创建、诗友酬唱等作品。

“长白山诗派丛书”的体量，每本收录作品五百至一千五百首不等，视不同作者情况，可上下浮动。数量服从内容的质量。

在编排上，予以灵活处理，由作者自定。可以分类、分词牌等，也可以按时间顺序，亦可分类后仍以时间为序。丛书有总序、总跋，亦可有个序、后记。

在数量上和入选人员上，开始考虑按长白山天池、松花江、鸭绿江、图们江及牡丹江、浑江、东辽河、嫩江等为脉络，列出各水系的三百位诗人。每人一卷，计三百卷。这样做，诗派如流，形象直观。但因进度不一，难以操作。后来，协助时代文艺出版社向中共吉林省委宣传部申报了文化产业专项基金，2018年先出三十卷，以后视情况续出，争取出版一百卷。

编辑、出版“长白山诗派丛书”，前无古人，纯属开创先河。2018年3月15日，我们在吉林省政协同馨宾馆召开了在长会长（扩大）会议，决定正式启动“长白山诗派丛书”编辑工作，成立了编委会，仅在二十天中，就交齐第一批书稿。全部书稿，在6月底前交完，2019年出书。

2017年1月6日，习近平总书记在十八届中央纪委第七次全会上的重要讲话中指出，“依靠文化自信坚定理想信念”，“以文化自信支撑政治定力”。文化自信是文化定力和支撑力的基础。人生和社会，都不能以搞笑为支撑。宋人张耒写过：“支撑诽笑中，久乃化而靡。”至今读来，仍发人深省。文化支撑力是生命的灵魂。我国优秀的传统文化，培育和造就了历代知识分子自强不息的支撑力精神。唐诗中有牛僧孺的“地祇愁垫压，鳌足困支撑”诗句，宋词中有姚勉的“信天生英杰，正为国计；擎天著柱，要自支撑”的词句，元曲中有汪元亨的“梅出脱林逋，菊支撑陶令，鱼成就严陵”的曲句。这种支撑力精神，给我们以极大的鞭策。拙句中有“奥壤不咸名大东，支撑引领构时空”等。蒋力华君亦有“白发山中飘雪，崎岖健足支撑”的词句。时代虽不同，但这种崇尚自重自强、自力自撑的人文精神，是一脉相承的。诗意长白、诗梦长白、诗魂长白的支撑力精神，是一以贯之的。这是真正的洪荒之力！

长白山诗派所面对的，是长白山诗词的昨天、今天和明天。长白山诗派的昨天，应是刘建封所咏：“走过大荒三百里，居然此处有桃源。”长白山诗派的今天，许是拙斋所咏：“浪花不废难淘尽，始信东陲有奥文。”长白山诗派的明天，或是沈兆禔所咏：“莫谓鸡林少竹枝，才人塞上补新词。”

墨西哥人马里奥·谢赫楠有名言：“我们终于有机会面对神秘的过去，仿佛是进入梦一样的境界，一片需要我们去发掘、诠释、赞美和加以保护的活化石。”阿根廷女诗人阿方斯娜·斯托尔妮有名言：“我感到，陌生人，在你的存在里，我被延长。”叙利亚诗人阿多尼斯有名言：

“没有诗的未来是不值得期待的。”从这些来自域外的警言中，我们可获启迪。

今年是公元2018年。从今回溯两千年，是公元18年。《长白山诗词选》中第一位有确切作者名字的诗人是高句丽第二代王琉璃明王类利。他于公元18年辞世，至今正好两千年。类利所作《黄鸟歌》：“翩翩黄鸟，雌雄相依。念我之独，谁其与归。”完全是《诗经》风格的四言诗。这首诗，写于公元前17年，距今已二千零三十五年了。《黄鸟歌》能传下来，堪称奇迹！公元245年，亲征高句丽第十一代王东川王的三国魏将毌丘俭，班师后只写了两句诗《之辽东》：“忧责重山岳，谁能为我檐？”这里的“檐”，是“擔”即“担”。距今一千七百七十三年。收录本丛书的拙卷，约一千五百首诗词中，有四十六首含“忧责”一词，出现频率极高，不少诗友也都随我用过“忧责”一词。概因“忧责”一词被毌丘俭用过后，《后汉书》《晋书》等不时出现，这个古老的词汇并未消亡，表示“沉重的担子和责任”的“忧责”，已经成为长白山诗派中的一个标志性词汇，有其特殊意义。一千四百零六年前，隋炀帝作《纪辽东》，写道：“轻歌凯捷丸都水，归宴洛阳宫。”一千三百七十三年前，唐太宗李世民作《辽城望月》，写道：“驻跸俯丸都，停观妖氛灭。”丸都，是我的故乡。读着写故乡的古典诗词，怎能不动情？从今回溯一千二百五十六年前的公元762年，是诗仙李白辞世之年。李白的《高句丽》《送王孝廉觐省》，成为长白山诗词中的瑰宝。苏东坡的“人参”，陆游的“鸭绿江”，张元幹的“山拥鸡林，江澄鸭绿”，距今均在八九百年之间。从今回溯一千年，是公元1018年。当年，柳永三十八岁。他在《点绛唇·伤感》中写道：“辽鹤归来，故乡多少伤心地。”“辽鹤”，是长白山诗词中的著名典故。至今读来，倍感亲切。故乡情结，古今一也。陆游在诗中所写：“生计且支撑，小康何敢望？”如今，在习近平新时代中国特色社会主义思想指引下，全国全面决胜小康，胜利在即，我们怎能不心潮澎湃！

两千年啊，多么漫长！

两千年啊，又是多么短暂！

在类利、毌丘俭、隋炀帝、唐太宗、李白、柳永、苏东坡、陆游、张元幹、王寂、赵秉文、朱元璋、康熙、乾隆、吴兆骞、吴大澂等诸多先贤的眼里，我辈皆属陌生人。可是，对他们和他们的杰作，我们却并不陌生。所以，今天的诗词，有很多是留给我们的陌生人的。“一百卷前无处找，二千年后有人搜。”“忧责不期当世解，祸患为免后人罹。”对此，我坚信不疑。

文化自信，是一个国家和民族的“魂”与“根”。学诗、写诗，有助于把魂定稳、把根留住。昨天是神秘的。今天是需要很好把握的。明天是值得期待的。愿我们在不懈努力的拼搏奋斗中，使我们所创作的诗词如同长白山的山水林田、沙石草木一样，一起留给未来、留给陌生人。让我们共同期待吧！

“长白山诗派丛书”总序赘语

鸡林得韵纪春秋，底事山翁退不休。
一百卷前无处找，二千年后有人搜。
钻研词谱承杨广，细辨江声禀陆游。
诗境涵生长白梦，草根也为子孙留。

張福有

2018年5月17日于长春养根斋

序

习近平同志在党的十九大上做出了“中国特色社会主义已经进入新时代”的重要判断。这个新时代，实质是中国人民进入了由富变强的时代，也是中国逐渐进入世界舞台中央的时代。在这样的大背景下，当代诗人应该有新的作为，以激昂的热情、细微的体察、精准的提炼，写出反映“新时代、新气象、新风貌、新成就”的新作品。回顾中华诗词发展史，一个时代有一个时代的流派代表人物和代表作品。这次“长白山诗派丛书”的出版，可以说是中国特色社会主义进入新时代以来，反映新气象、新风貌、新成就的新作品。这些作品，深深打上了时代的烙印，是长白山诗词发展进程中里程碑式的标志，也是长白山诗派发展史上的阶段性成果，必将载入长白山文化发展史乃至中华传统文化发展史的史册。“长白山诗派丛书”集中展示了活跃在关东大地，尤其是长白山脚下的一大批诗人的优秀作品。这些诗人的作品带有黑土地的泥土芳香，刻着关东山水、历史、人文、风情的烙印。作为长白山诗派的一名成员，多年来，我一直热衷于参与组织长白山诗词发展壮大的各项活动，用诗词的形式，记录和歌颂发生在我身边的关东故事。在长期的诗词编辑以及创作过程中，我写下大量的诗词作品，也积累了许多心得和体会。

写格律诗离不开格律和韵部，因为讲格律和韵部是格律诗的基本特征之一，讲究格律和韵部也是进行格律诗词创作的基本要求。因此，对于写格律诗的作者来讲，不仅要懂得基本要求，还必须熟练掌握。这就如同做一个作曲家必须深谙音律和节奏，才能在创作中运用自如。诗词的格律和韵部，貌似一个高高的门槛，其实并没有什么神秘的，只要经过一番努力，终会越过门槛。但我要强调的是，并非越过了门槛就能写出好诗，也并非越过了门槛就是诗人了。越过了门槛，仅仅是懂得了规则，为写诗提供了基本条件，距离真正写好诗还有很长很长的路程。

在这里，我想借用南宋著名诗论家严羽的一段经典的话，来说明学习格律诗的必由之路，他在《沧浪诗话》中说“学诗有三节：其初不识好恶，连篇累牍，肆笔而成；既知羞愧，始生畏缩，成之极难；及其透彻，则七纵八横，信手拈来，头头是道矣。”严羽所言“三节”，其实就是学诗路上的三个发展阶段。我认为，凡是学诗的人，都必须经历这三个发展阶段，企图速成是不可能的。从“无知者无畏”的“肆笔而成”，到“有所知有所畏”的“始生畏缩”，说明真正开始懂诗了，眼界也真的有所提高了。这个阶段是“眼高手低”的阶段，总觉得自己的作品拿不出手，这也恰恰是写作水平在提高的阶段。从“有所知有所畏”的“始生畏缩”到“及其透彻”的“信手拈来”，说明写作水平已经达到了成熟阶段。在现实生活中，成册诗集如田地里的作物，良莠混杂，严羽告诫我们“看诗须着金刚眼睛。”人们期待看到更多更好“及其透彻”的佳作，那么，什么样的作品是“及其透彻”的佳作呢？高丰清兄与我谈及的时候，概括了四个字为：“深入浅出”，我非常赞同。他说的“深入浅出”就是意深词浅，这个观点与刘熙载的“平语见奇”颇为相似。这里的浅，并非浅俗。这个浅是流畅自然之浅，是化繁为简之浅，是千锤百炼之浅，是来之不易之浅。因此，这个浅应是毫无雕琢痕迹，使人回味无穷的浅。高丰清兄同时亦言：“不喜浅入深出之作。”何谓“浅入深出”？即意浅词涩。本来是平庸之作，却用僻字和僻典包装起来。乍看包装，酷似一瓶酒，仔细品尝，便像是一瓶水。

诗词创作离不开语言，没有精彩的语言，就难出美妙之境。因此，过语言关十分重要。诚如交通行业有专门的安全用语一样，进行诗词创作，必须熟练掌握诗词语言。因为，诗词是语言艺术，不同于其他文体的用语。为此，王安石提出了“诗家语”之说，极大地丰富了诗学理论。“诗家语”即写诗的用语，是通过“赋、比、兴”的深加工而产生的一种艺术效果。它是诗家用凝练、含蓄、委婉的语句表达情志的“诗性语言”。南宋魏庆之的《诗人玉屑》卷六中记载，王仲至召试馆中，试罢，作一绝题云：“古木森森白玉堂，长年来此试文章。日斜奏罢《长杨赋》，闲拂尘埃看画墙。”荊公见之，甚叹爱，改为“日斜奏赋《长杨》罢”，且云：“诗家语，如此乃健。”王安石无愧是北宋文坛巨擘，诗句经他那么一改，就成了“诗家语”。从字面上看，只是将“赋”和“罢”调换了位置，然而仔细推敲，却大不相同了。首先是，《长杨赋》是汉扬雄名作，“奏罢《长杨赋》”，只是一个简单的动宾结构，改后的“奏赋《长杨》罢”，改变了原词的结构，突出了“长杨”二字，一个“罢”字，也增强了动作的层次感。其次是，“赋”与“罢”，虽然都是去声，但“赋”为“合口呼”，“罢”为“开口呼”，一个沉闷，一个响亮。调换后，更切合诗人考试后自信的心情。一字之调，足见手段高超。

格律诗词，由于受到韵律与体制的限制，不能像散文那样去写，一定要高度凝练、含蓄，委婉。如果不熟练掌握“诗家语”，就很难读懂古人的诗词，自己也很难创作出耐人寻味的好作品。那么，“诗家语”和“散文语”有什么不同呢？清人吴乔曰：“意喻之米，文喻之炊而为饭，诗喻之酿而为酒。饭不变米形，酒形质尽变。”吴乔的“文如把米烧成饭，诗如把米酿成酒”的说法，直观明了，精辟透彻。诗词作品的形式美感，主要体现在语言文字上。一个优秀的诗人一定是语言大师，一定会用精美的语言去创造诗词的美妙境界。比如，杜甫的《秋兴八首》中有句：“香稻啄余鹦鹉粒，碧梧栖老凤凰枝。”如果用散文语序，应是“鹦鹉啄余香稻粒，凤凰栖老碧梧枝。”杜甫倒装了语序，把“香稻”和“碧梧”提到前面，“香稻”是被鹦鹉啄余的香稻，“碧梧”是被凤凰栖老的碧梧。作者通过香稻的丰富，梧桐的茂盛来反映盛世气象，这是典型的“诗家语”。

当代诗人还要赋予“诗家语”以鲜明的时代感，因为，每个时代有每个时代的语言特色，有道是“什么时代唱什么歌”。诗词作品的生命力在于能否把握时代的脉搏，能否反映当代的生活。用当代人的语言，去写当代人的生活。不能身子已经进入新时代，而脑子装的还是陈词老调，那样写出来的东西一定会与新时代格格不入。当今社会，生活节奏加快，新事物、新思维、新名词、新概念、新语汇不断涌现。我们要善于运用活跃在人民大众口头上，具有时代色彩和生活气息的词汇，描写火红的年代，描写沸腾的生活，使作品生动活泼，令人耳目一新。

欲当作者，先做读者。这也是我多年从事诗词编辑工作与诗词创作的又一个体会。一个人要想写好诗，首先要学会读诗，要善于读诗。南宋诗人陆游在去世前一年，向其儿子传授写诗经验时说：“汝果欲学诗，功夫在诗外。”陆游指的当然是人的学养、阅历等等。我觉得还有一功，就是“欲会写诗，先会读诗”，即“先做读者”之功。要善于读古人的诗，善于读他人的诗，也要善于读自己的诗。读古人的诗，是要从古人的诗中汲取营养。不钻研古人的诗，或不认真钻研古人的诗，是决然写不出好诗的。读他人的诗，是取他人之长，补己之短。我在编辑稿件的时候，除了带着挑剔的目光收录稿件以外，更多的是把编辑过程作为学习和鉴赏的过程。发现让人眼前一亮的好作品，在编辑录用的同时，也注意研究其用语谋篇之妙处，从中受益。俗话说：“人贵有自知之明。”善于读自己的诗，就是要做到有自知之明，清楚自己写的诗，究竟是几斤几两。要站在读者的角度去审视自己的诗，这也是一种换位思考。自己既是自己诗的作者，更是自己诗的第一读者，要用挑剔的眼光去读。我的经验是在一首诗写完后，不急于出手，先放几天，回头再读，也许会发现有许多不满意的地方。必要时，还可以主动征求别人的意见，这样拿出来的作品就会减少一些遗憾。

我认为，诗是一种文学艺术，是让人欣赏的。让人欣赏就必须让人看得懂。这就如同吃包子一样，如果一直吃不到馅，就没有人爱吃了。读诗亦是如此，如果反复琢磨，仍不解其意，就没有人想看下去了。我们读古人的诗词佳作，尤其是那些耳熟能详的诗，如“欲穷千里目，更上一层楼”等，虽词语浅显，一眼就能看懂，但诗性灵动，思想深邃，令人回味无穷。我试图朝着这个方向努力，我的诗词创作风格，与我做人的原则是一致的。我是一个坦诚，让人一眼就能看透内心的人。我的作品也追求朴实无华、自然流畅、言之有物，力争在平实的语言中，创造出美的境界，或给人以启迪，或给人以愉悦。以上就是我在编辑和创作诗词过程中的一些体会，在“长白山诗派丛书”出版之际，与同道共勉。

沈鹏云

2019年5月18日

目 录

卷一 律诗

卷二 绝句

卷三 词

卷四 散曲

卷一　律诗

临帖随感

崖刻碑花金石响，籀文帖字妙机藏。
谋篇变贯奇中稳，用笔坚浑柔里刚。
师古寻源求本质，求新达境任张扬。
但能通会人书老，稚拙天然岁月长。

1999年5月15日

和金意庵

同堂四世客江城，玉树琼枝踏雪行。
共享天伦逢盛世，独彪文采慰平生。
诗吟动地松花韵，笔落惊空长白情。
德艺双馨人仰止，沧桑岁月看峥嵘。

2002年1月14日

【题解】

读金意庵先生诗《喜得女孙婉莹》，得见金老珍爱女孙婉莹之情溢于笔端，读之颇为感动。原玉："和风细雨润江城，缓步桃园路上行。庭训久违负母望，啼声初试喜孙生。剧怜娇小宜珍护，深解劬劳莫忘情。冰雪聪明应预卜，他年头角看峥嵘。"

纪念公木诞辰一百周年

热血盈腔戍国门，南驰北骋履留痕。
铿锵一曲军威震，洒脱三章格律论。
战士胸中藏剑气，仙翁骨里铸诗魂。
丰碑矗立千秋仰，旷世师宗浩气存。

2010年5月10日

【题解】

公木（1910—1998），原名张永年，又名张松甫、张松如，笔名公木、木农等。河北省辛集市人。著名诗人、学者、教育家，《英雄赞歌》《八路军进行曲》的歌词作者。《八路军进行曲》于1965年改名为《中国人民解放军进行曲》，于1988年7月25日，被中共中央军事委员会确定为中国人民解放军军歌。

重温公木《为学如爬山》有感

邀写《爬山》近卅年，词殷笔健意犹然。
辛勤但把千峰越，笃志能将万壑填。
冬至冰寒尝瘁尽，春来雨暖品芳鲜。
箴言一组深情句，恰似明灯启后贤。

2010年5月16日

【题解】

1983年4月14日，公木先生应邀为《吉林广播电视大学学报》撰写诗歌《为学如爬山》。今读此诗，如再聆先生教诲。

观公主岭问心碑随感

曾子言三省，唐宗镜正冠。
千年成古训，万世做灵丹。
石刻铭心语，公卿律自端。
云祥清气朗，后辈仰凭栏。

2010年6月25日

【题解】

光绪三年（1877年）置怀德县，八家子为县城，遂改八家子为怀德。怀德县第一任县长张云祥，上任后励精图治，勤政为民，立“问心碑”，镌刻：“问心无愧古人所难，余何敢以此自命。盖因数十年来遇事则返心自问，颇有所得。兹值堂成铭以自勉。”

过吊水壶瀑布

淡淡朝晖透桦阴，丝丝夏露浸人心。
丹青水墨岩前挂，歌赋灵思梦里寻。
雾散云飞花弄影，风柔山静鸟鸣音。
清风与共飘然舞，牵手倾听万古琴。

2010年7月13日

拓荒牛咏怀

大野蛮荒变绿洲，新耕当颂两犄侯。
温情脉脉亲肥土，憨态依依恋浅流。
晓月犁前勤数夏，夕阳山脚细吟秋。
为谁粮囤丰香谷，岁岁扬蹄奋不休。

2010年9月6日

贺吉林省楹联家协会成立五周年

一展长旌业正隆，时光数载似飞鸿。
联通雅韵承今古，情寄云笺向碧空。
五岳奇峰听故事，两行妙语唱豪雄。
关东大野凝寒骨，得见梅心雪里红。

2010年12月25日

贺公主岭市被授予"中华诗词之乡"

千军大阵骏争先，公主授冠听鼓弦。
老岭花开凭劲旅，新城果硕仗群贤。
诗生沃土能圆梦，韵自民间可结缘。
水远山高幽境界，踏歌一路艳阳天。

2010年12月30日

庚寅贺春

星移斗转步庚寅，玉宇霞升岁更新。
沃野风和缘丽日，佳禾雨润惠耕人。
黄鹂溪畔梳杨柳，紫燕檐前数家珍。
联对同书政策好，农家共贺又逢春。

2011年1月1日

和张福有《辛卯贺春》

玉树琼葩映紫阳，寒梅万点吐清芳。
松花剪浪生佳句，长白裁云化锦章。
晴雪丰年家国旺，和风丽日庶民康。
迎新月桂摇新绿，天际钟声送瑞祥。

2011年1月25日

依张岳琦韵贺辛卯之春

新更一入问谁眠？万户桃红影若娟。
钟鼓声声播瑞气，笙箫款款奏怡然。
天涯共此晴云锦，海角同歌皓月圆。
最是阳春颜色好，花含玉露柳含烟。

2011年1月29日

迎春畅想

清脆声声报岁除，霜毫濡墨浸新图。
红桃点罢千般美，紫气升时五彩殊。
一道寒江呈曙色，数排雪柳挂琼芜。
人间最是三阳好，烟雨扬花绿满都。

2011年2月10日

咏新农村

惠农号角连声起，风正帆高伟业图。
沃野机隆铺锦厚，佳园燕舞剪霞殊。
一泓愿景标新志，万户康庄扫旧芜。
但驾神舟提速度，穿云破雾向天都。

2011年2月11日

贺"两会"胜利闭幕

婆娑杨柳摇青俏，桃李春风展媚姿。
紫气盈来堪荡宇，白帆驶去恰逢时。
欣闻两会蓝图就，喜看八方新景宜。
科学大旗高举起，国强民富醒雄狮。

2011年3月10日

读聂德祥《虎啸集》感赋

闻道诗名久，春风结雅缘。
倾怀凭黑土，试剑倚青天。
虎啸山风起，龙吟海浪旋。
挥鞭休驻马，前路彩霞燃。

2011年4月15日

贺中华辞赋高峰论坛在京召开

丽日芳菲蒲月嘉，京都盛会咏昌华。
辞排锦绣三千里，赋起云涛八百家。
纵意青山生妙韵，放情碧海弄轻槎。
同心怀远凭高处，一抹东方泛紫霞。

2011年5月31日

步张福有韵贺《长白山诗词》发刊百期

雪浴霜倾愿可期，红枫劲舞摆旌旗。
松花水韵千秋画，长白山魂万古基。
心系先人承宿志，身同妙手布高棋。
风骚引领征帆竞，诗派方兴信不疑。

2011年7月21日

贺我国首艘航母出海试航

瞩目横流一巨鸿，劈波斩浪大洋通。
铁龙赫赫巡蓝海，矫燕翩翩向碧空。
跑道长伸天地阔，身躯高耸战旗红。
云低何惧阴霾起，万里征途驾好风。

2011年8月12日

【题解】

辽宁号航空母舰是中国人民解放军第一艘可以搭载固定翼飞机的航空母舰。它是由苏联时期尼古拉耶夫船厂建造，1991年11月，该舰的总体工程进度达到68%，后由中国大连造船厂完成后续建造。舰长304米，舰宽70.5米，航母吃水深度10.5米，标准排水量57000吨，满载排水量67500吨。从底层到甲板共有10层，甲板上的岛式建筑有9层之多。

游朝鲜族百年部落

大野青郊外，茅庐柳岸旁。
水车摇古调，石碾伴斜阳。
部落沧桑史，民风岁月长。
约来吟咏客，自是美名扬。

2011年8月23日

【题解】

中国朝鲜族百年部落，位于图们江与嘎呀河冲击形成的山间盆地之中，四周群山环抱，是具有鲜明的朝鲜族建筑特点的仿古部落群。其房屋呈大屋顶形状，屋脊外观中间平，两头翘立，瓦饰上雕有绳纹和吉祥文字。百年老宅，由朝鲜移民商人朴如根所建，历时三年，于1893年9月竣工。房屋采用土木和瓦结构建造，无一根钉子，使用的工具均为原始的大锛、小锛和斧子等，所用木材为长白山优质原木，通过木排运至此地，瓦片则是由对岸朝鲜用船运至。老宅的主人在此居住了五十多年，为五口之家，生有三男一女。老宅的后院为女儿居所，男孩儿为双胞胎，其中一男为当时带刀官吏。解放以后，房屋主人搬迁至日本，房屋空置了一段时间。土改时期，被当地政府分给了村民居住，原房主的子孙现在韩国。

听田长杰介绍珲春林业发展

八月艳阳秋，广场迎客稠。
花香三径散，草色九坪幽。
富庶人漫舞，和谐鸟放喉。
森工多智慧，重彩写风流。

2011年8月30日

读珲春林业局“十二五”发展规划

何处晨光早，红霞沐小城。
蓝图开境界，林海演欣荣。
山韵连松浪，泉声伴鸟鸣。
森工书大美，愿景最怡情。

2011年9月3日

赠韩国荣

云淡天高黍穗悠，边台约客近中秋。
番瓜满架频添兴，美酒盈杯已忘忧。
抛却浮名安失马，得摅真我乐鞭牛。
韩园细品炎凉味，一放胸襟享自由。

2011年9月25日

源远流长“平水韵”

敲字填词调律腔，如同老窖溢醇香。
龙泉一脉汾流远，平水四声神韵长。
列坐兰亭生意趣，行吟竹苑唱炎凉。
凭高每望情难禁，盛世文兴比宋唐。

2011年9月29日

【题解】

平水韵，是由其刊行者宋末平水人刘渊而得名。平水韵依据唐人用韵情况，把汉字划分成106个韵部，每个韵部包含若干字，作律绝诗用韵，其韵脚的字必须出自同一韵部，不能错用。隋朝陆法言的《切韵》分为193韵。北宋陈彭年编纂的《大宋重修广韵》，在《切韵》的基础上又细分为206韵。但《切韵》《广韵》的分韵都过于琐细，后来有了“同用”的规定，允许人们把临近的韵合起来用。到了南宋原籍山西平水(今山西省临汾市尧都区)人刘渊著《壬子新刊礼部韵略》就把同用的韵合并，成107韵，同期山西平水官员金人王文郁著《平水新刊韵略》为106韵，清代康熙年间编的《佩文韵府》把《平水韵》并为106个韵部，这就是后来广为流传的平水韵。

重阳节赏万盆菊展

秋高清气爽，万菊唱重阳。
羞女粉葵瘦，玉翎雏凤芳[①]。
疏枝着露劲，寒蕊借风黄。
醉上楼台饮，新诗韵带香。

2011年10月5日

【注释】

①羞女、粉葵、玉翎、雏凤系菊花的四个品种。

初识李志军

晚秋晴日好，约客美肴城。
煮沸三江水，雕拼五彩坪。
谈诗新韵落，说史古烟生。
无酒也成席，殷殷话友情。

2011年11月4日

【题解】

2011年11月2日，李景喜兄在长春福成肥牛火锅城招待白山诗友李志军，邀请张福有和我作陪。席间虽未饮酒，但谈诗论史的情绪未减。福有提议，以“无酒也成席”成律。

贺张福有高句丽山城考古告竣

漫道洪荒夏复秋，千山跬步始从头。
垣根策杖添新慰，峰顶留痕释旧忧。
一段痴情殊不改，八年通考鉴因由。
光阴又染头飞雪，捷讯传来韵满楼。

2011年11月6日

赴草庐会三狂①

远避喧嚣市，无垠塞外清。
春来听鸟语，秋至伴蛩鸣。
笔下闲云趣，怀中野鹤情。
陶然草庐景，客醉每倾觥。

2012年1月12日

【注释】

①三狂，系白城市诗人张文学。

贺吉林雾凇冰雪诗词论坛圆满成功

唤得东风春信早，松江素裹正玲珑。
轻描玉柳千般白，淡染寒烟几度红。
心向琼葩冰世界，情涵圣境雪晴空。

先贤放韵涛声远[1]，我辈鸡林又拓雄。

2012年1月16日

【注释】

①1682年春末夏初，年仅二十九岁的清帝康熙巡视吉林，在松花江畔视察水师时写下《松花江放船歌》。

步张福有《壬辰春颂》韵贺春

云吐霞红送瑞光，金龙起舞换新装。
关河雪浴三阳好，大地风调五谷香。
异域低迷缠债务，故园兴旺释嘉祥。
民逢盛世心生喜，把酒桑麻话永康。

2012年1月20日

步韵贺《壬辰开岁四家漏夜联句》[1]

联珠四唱贺龙年，律启祥音韵万千。
折柳听松临宋瓦[2]，寻梅踏雪过幽燕。
琴心总向阳关外，剑胆常怀大漠边。
借得东风开盛纪，神州处处舜尧天。

2012年1月25日

【注释】

①壬辰初一漏夜，书坛泰斗沈鹏先生以手机发给时任中华诗词学会副会长张福有首联。福有同志即转中华诗词学会顾问周笃文先生得续颔联，返回

后又接成颈联发给中华诗词学会顾问、吉林省诗词学会会长张岳琦先生，足成一律为：“龙孙吐节存高远，凤羽摩云振大千。（沈鹏）万国轺车驰魏阙，百重佳气满幽燕。（周笃文）史从汉障通关外，春引唐声出柳边。（张福有）四海风烟纵难测，金虬顺势必翱天。（张岳琦）”是为客岁四家漏夜联唱。

②金元时期，松花江亦称宋瓦江。

沉痛悼念钱明锵

寒风传噩耗，梦觉痛斯缠。
杖策峰头韵，赋吟池上篇①。
钱江生悼泪，松水化悲涟。
驾鹤公西去，千秋仰大贤。

2012年1月27日

【注释】

①钱明锵先生生前曾参加池南采风，应养根斋之邀写下《长白山天池赋》。

纪念邓小平南方谈话二十周年

记得当年万木葱，春天故事唱西东。
勇驱浊浪排干扰，志在新潮看势雄。
深水启航凭大略，远程接力仗真功。
横流沧海升红日，更待神州尽好风。

2012年3月17日

【题解】

1984年的春天，中国改革开放的总设计师邓小平，首次来到深圳特区视察，这是具有深远意义的重要事件。此时，深圳经济特区刚刚成立四个年头，特区的建设热火朝天。但是，当时关于特区的非议同样云谲波诡。邓小平来到深圳，在目睹了深圳的发展变化后，欣然题词："深圳的发展和经验证明，我们建立经济特区的政策是正确的。"1992年，邓小平同志发表了南方谈话，标志着中国改革开放又进入了新的历史阶段。

春城诗友欢宴楚家冲

缘结诗书约楚鸿，长歌短调婉和雄。
诚修儒气源齐鲁，得养豪情走大东。
一聚邀来杨柳绿，三杯燃起杜鹃红。
但能劲旅同携手，韵海扬帆乘好风。

2012年4月15日

读《王卓平诗词选》

百里松花一叶悠，渔歌唱晚荡轻舟。
倾心妙语情难抑，重彩香笺韵正稠。
但得清音追胜迹，还将雅致寄云头。
葱茏岁月风流笔，留住春光留住秋。

2012年4月29日

读赵丽萍《解读长白山文化的恢宏卷帙》[①]

骚坛星闪近云端，水远山高仰大观。
一段情怀吟苦旅，百年佳话涌文澜。
展笺说史诗堪证，琢句倾心赋可刊。
激起沧浪惊四座，婵娟岂可等闲看。

2012年5月20日

【注释】

①《解读长白山文化的恢宏卷帙》，系赵丽萍为张福有、曹保明、梁琴、周长庆诸位先生所著的《百年苦旅》所写评论，发表于2012年5月10日《吉林日报》。

沉痛悼念刘忠德

悲声彻向大江流，凄雨霜风似冷秋。
职系燕山名显赫，情牵豆谷序清幽。
笃行德厚端端品，心远忠贞苦苦求。
驾鹤西游君一去，哀思无尽挂云头。

2012年5月28日

读周汝昌手书“《石头记》人物绝句二十首”

红楼一曲唱悲奇，百态人生聚散时。
翠苑凄歌魂欲断，芳斋落碧梦迷离。

探来雪叟心头事，方解金钗血泪词。
幸有周公堪校正，千秋椽笔复奚疑?

2012年6月9日

【题解】

余斋存有周汝昌先生手书“《石头记》人物绝句二十首”。惊闻先生逝世，今翻出先生旧作吟赏，感慨万千。

贺长白山文化发展论坛即将开幕

跃上仙山昊日悬，瑶池圣水静悠然。
寻来古脉程三万，开启新图境九千。
腕底松花辞朗朗，云头长白韵绵绵。
旌旗指处关东调，劲旅欢歌势破天。

2012年6月12日

寄吉林省援藏干部

情牵援藏路，浩气荡胸中。
脚踏清霜白，头萦紫线红。
丹忱融净土，热血洒边戎。
史册英名载，飞歌唱大鸿。

2012年6月14日

听余秋雨在长白山文化发展论坛演讲

源朔不咸言圣山，逢时盛会史空前。
风云今古留符号，视野西东奏和弦①。
三道文明传百世②，多元异态越千年③。
高坛奏响乡关曲，阔论天然仗大贤。

2012年6月29日

【注释】

①西东：余秋雨先生在演讲中谈到，唐代的西部长安一带，东部渤海国一带，是两个呼应的经济繁荣地域。

②三道：余秋雨先生在演讲中说，中华文明倡导三道——人格上倡导“君子之道”，行为上倡导“礼仪之道”，思维上倡导“中庸之道”。

③异态：余秋雨先生称长白山文化为生态文化和异态文化。

听张福有在长白山文化发展论坛演讲

高坛勇跃气轩昂，朔古寻宗说大荒。
界上三千吟苦旅，峰头十六看苍茫。
鸿篇朗朗催征语，浩韵铮铮符号强。
文化担当堪我辈，放情纵意唱辉煌。

2012年6月30日

贺《梅津汇律》出版暨中华诗词论坛成立十周年

梅津几度伴歌行，得见天章咏海明。
凤翥乾坤携古韵，龙盘福地唱新声。
结缘奎塔生佳境，汇律冠峰待纵情。
十载弄潮帆竞过，更期水远驾云程。

2012年7月10日

登鸡冠山极顶

崎岖九百径幽森，腿软登艰汗透襟。
揽月台前扶陡峭，倾心阁下索言箴。
峰头十二我来数，鸟语三千客去寻。
眼底鸡冠红绝顶，云霞起处寄雄心。

2012年7月29日

【题解】

鸡冠山，属长白山之余脉，因山峰形状酷似鸡冠而得名。鸡冠山主峰距梅河口市区60公里，地处梅河口市西南方的吉乐乡。鸡冠山国家森林公园总面积15平方公里。有千米左右的山峰3座，主峰鸡冠砬子海拔969.1米，是梅河口境内的最高峰。这里山势险峻陡峭，山峰秀丽入云，山路崎岖蜿蜒，树木繁茂苍翠，空气清新怡人。以雄、奇、秀、幽称雄周边，尤以杜鹃花海、漫山红叶、云海日出、雾凇飞雪最为壮观。

贺三余诗社成立二十周年

初秋乍步日高清，庆典逢时访鹿鸣。
犹约七贤修竹客，尽摅八友草堂情。
三余阆苑吟声动，廿载家山风雨程。
金匾披红频换盏，倾怀放韵又新征。

2012年8月10日

秋访二闲堂

八月新晴沐艳阳，诗潮涌动向秋光。
溪头荠菜邀蜂蝶，篱下桑花吐紫黄。
摘得鲜蔬三亩地，敲成好韵二闲堂。
吟朋举酒频添兴，醉卧桃源梦正香。

2012年8月13日

【题解】

8月12日，溪头荠菜花约养根斋、临清居士、韵海耕涛、耐寂轩主、剑气轩主、安忠凯、白云出林岫、于德水、紫衣格格、阿豆、懵懂人儿、九妹、沈鹏云以及德惠诗友于二闲堂一聚，诗友饮酒、泼墨、赏花、采蔬、品瓜，回归自然，其乐无穷。

贺《珲春韵汇》《延边礼赞》研讨会召开

五家山上彩霞妍，韵涨边陲汇雅笺。
并蒂莲花添锦色，连珠礼炮助诗缘。
雄奇借得抒豪放，秀美赊来趣邈绵。
再校航标明主旨，长歌响彻大东天。

2012年9月24日

国庆六十三周年感赋

江上渔樵唱废兴，古今期率果因承。
太宗睿智山河固，后主昏庸社稷崩。
治腐从来须剑利，图强难得仗风澄。
瞻高虑远施鹏举，大道康庄看日升。

2012年10月1日

参观通化天露葡萄酒有限公司

依山傍水长，橡桶酿醇良。
敛得绯霞露，封成老窖浆。
绵柔呈五味，浓郁醉三乡。
特色召仙客，怡然慢品尝。

2012年10月3日

沉痛悼念周维杰①

秋来瑟瑟送悲凉，又动哀声老泪扬。
但把清风盈衣袖，能教热血沸胸膛。
佳篇隽永何曾笨，妙笔雄奇正待狂。
轻摘朵云生素锦，遥天雁阵伴君长。

2012年10月15日

【注释】

①周维杰：自署别号笨翁。吉林长岭人。曾任吉林省委统战部秘书长、白城市委副书记、吉林省文化厅厅长、吉林省书法家协会主席。

读《三花一剑集》有记

趣雅缘投廿载同，春江秋月韵无穷。
三花雨润生清气，一剑光寒舞朔风。
境界达观今古志，情怀得意仄平功。
登高每望心先喜，老树当风正著红。

2012年10月27日

【题解】

壬辰重阳日，余在翟志国处索得《三花一剑集》一册。仔细品读，心生敬意。四君之诗之词之曲，首首精雕细刻，一丝不苟，令人叹服。小集装帧典雅古朴，耐寂与白云出林岫作序，高度概括，准确精到。感动之余，草吟拙句，以志贺辰。

贺长白山文化与鸭绿江文化研讨会召开

阳高塞远暮秋天，又指长旌界水边。
菊酒斟时能醉客，枫枝摇处化吟笺。
养心拾得沧桑句，炼意修来豪迈篇。
流派缘需忧责笔，青山有待任更年。

2012年10月29日

十八大胜利闭幕感怀

高歌义勇众心同，耀眼锤镰映太空。
大道奔来听捷报，雄关越过看旗红。
国人几度图强梦，志士今朝巨舰雄。
万里河山重抖擞，乾坤朗朗沐清风。

2012年11月10日

贺吉林市诗词学会成立

琼葩妙境又迎春，雪卧江城不染尘。
江水寒烟涛作鼓，松山薄雾韵生神。
先贤笔巨书泱漭，侪辈歌清唱峻峋。
瀚海扬帆新旅壮，风流一派弄潮人。

2012年11月13日

纪念金意庵诞辰一百周年

重阳雪霁净云天，皇胄庵师诞百年。
艺粹德馨人仰止，心驰笔健意盎然。
如烟往事思龙鼎，有幸今生近大贤。
巨擘清风传世远，松江唱彻放新船。

2012年11月25日

【题解】

壬辰重阳节日，《百年意庵》书画展在吉林市博物院隆重举行。余同蒋力华应金意庵之子金桓邀请前往剪彩参观。龙鼎系金意庵先生住处。金意庵先生生前，余每月前往一次，请先生评点书法习作。

贺吴文昌《俯仰集》获奖

瑞雪飘来伴好音，诗词难得步高岑。
临清境界千金字，俯仰河山万里心。
岁月痕多人易老，风尘染少韵犹深。
笔歌时代新天地，尽展雄才起浩吟。

2012年12月12日

【题解】

吴文昌，网名临清居士。原中共吉林省委组织部副部长，省人事厅厅长，省人大常委会人事选举委员会主任，著名诗人，中华诗词论坛关东诗阵常务管理员。文昌同志自幼受家庭熏陶，喜爱诗词，其诗风豪放大气，炼句考究，深得业内人士好评。《俯仰集》为文昌同志的第三部格律诗集，获吉林省文学艺术奖，十分难能可贵。

壬辰岁杪感怀

笑我生来本性痴，苦吟小令破残棋。
每牵秀水摇轻棹，也向佳山览翠枝。
芳草欣逢知暖意，落花渐近感凉时。
轮回四季匆匆过，不觉经年雪染丝。

2012年12月27日

贺包德珍大姐七十三华诞

流年似水总匆匆，七秩春秋品正红。
小径常牵陶雅韵，闲亭每向寄清风。
情关五指云霞外，笔骋万泉烟雨中。
最是天涯光景好，龙蟠凤翥老梧桐。

2013年1月17日

【题解】

包德珍，网名渔艇丽人。1940年12月5日生于黑龙江省哈尔滨市呼兰区，现居海南省海口市。当代著名诗人、诗词活动家，现任中华诗词论坛坛主、中华诗词学会理事、海南诗词学会副会长、全球汉诗总会副会长，萧乡诗社创始人之一。2009年被中华诗词学会、中华诗词网络学院聘为导师，其诗词作品在海内外多家诗词刊物发表，并多次获奖。

和张福有《癸巳贺春》

天高野阔日彤新，雪语溪吟韵醉人。
庭外祥云裁厚福，枝头喜鹊唱阳春。
当除时弊千钧力，更振朝纲万户亲。
大道兴邦非梦幻，昌隆国运赖成真。

2013年2月4日

读《雨晴集》感赋[①]

欣逢春色好，又遇晓风轻。
东苑闻桃汛，西边看雨晴。
怡情抒意雅，梦笔浣溪清。
一曲陶然韵，长流岁月声。

2013年4月19日

【注释】

①《雨晴集》，系长白山诗词副主编尹宝田的诗集。

步韵张福有韵赞孙挺进

探险巡疆直向前，白山脚下忆华年。
踏雪三千骑虎背，眺峰十六跃池边。
胸中藏梦拿云笔，椅上传奇沥血篇。

壮举感天能致远，军章依旧耀双肩。

2013年5月1日

【题解】

孙挺进，伤前任吉林省边防总队后勤部长，因公车出车祸而致残，高位截瘫。在克服了极大困难的情况下，写成《说周边话边界》一书。该书是进行国防教育的难得读本。

纪念成多禄诞辰一百五十周年

灵秀边台柳曳风，乡音别样唱先翁。
浪淘翰墨云头艳，岭作雕鞍马背雄。
忧责心唯今古鉴，淡然身许北南同。
缅怀贤德明如镜，为使昌隆庶大东。

2013年5月31日

【题解】

成多禄（1864—1928），原名恩令，字竹山，号澹堪，室园名榆庐、澹园、十三古槐馆。著名书法家、诗人。出生于吉林省九台市其塔木镇。他精诗文、攻书法，诗词、文稿墨迹遍及东北三省，驰名全国，被誉为“吉林三杰”之一。清末任绥化知府，后因不满官场贪腐辞官。民国初年任吉林省第二届参议院议员，民国教育部审核处处长。一世为官清廉，被誉为“清廉太守”。

王云坤为《鹤乡雅韵》题写书名

月到中秋映桂新，瞻榆雅韵溢芳珍。

龙蛇妙笔听雷动，锦绣华园看宇春。
墨舞仙姿千载秀，胸藏傲骨百年神。
从来寄语情无限，追梦扬旌越古榛。

2013年9月9日

赏蒋力华《书法吟鉴》有记

瀚海扬帆逐浪花，清音雅韵唱尤佳。
吟承今古千堆锦，鉴洗云烟万道霞。
慧眼残碑生妙境，悉心名帖绽奇葩。
春秋几许风流笔，一卷倾怀岁月华。

2013年10月7日

和张福有《甲午迎春》

东风又唤渐轻寒，时序初移甲午端。
喜气迎来红福降，阴霾散去紫霞看。
文兴追梦春秋计，夜夙精工字句安。
漫道催征听劲旅，飞蹄踏雪过烟峦。

2014年1月27日

和张岳琦《病中吟》

人尝五谷岂无疴，当信良医妙技多。
慰得心宽存正气，应能体健退残蜗。
阳春总待严冬过，利剑常须细石磨。
咸岳登来情更远，摇旌再唱大风歌。

2014年2月7日

续狂兄初三夜留句

谁在初三夜，当空划一弧。
如羞遮玉面，似眨闪明珠。
庐远牵诗梦，卿狂对酒觚。
姮宫长寂寞，俯首羡江湖。

2014年3月3日

赞刘景禄与张福有师生三十年情谊[①]

晨曦染杏绽云霞，塞瑟燕琴奏锦华。
水调歌吟帆影远，春光好咏柳荫斜。
成蹊碧野留青史，解韵红楼誉大家。
一段文缘三十载，真情不老续桑麻。

2014年4月26日

【注释】

①刘景禄，系中央党校教授，文史教研室主任，全国政协委员。

祝贺“诗情画意鹿乡行”采风活动启动

吟旌又举向东丰，豳雅长歌劲旅雄。
南照山头亭纳月，鹞鹰水畔榭雕鸿。
鹿乡十里梅花灿，阆苑千重大丽葱。
但得珠玑源奥壤，激情似火唱新红。

2014年7月8日

【题解】

东丰县位于吉林省中南部，地处长白山分支哈达岭余脉，辉发河上游，是一个“五山一水四分田”的半山区。东南与梅河口市毗邻，西南与辽宁省清原县接壤，西部与辽宁西丰县以山为界，北与伊通县隔河相望。清代被辟为盛京围场，史称“皇家鹿苑”。素有“中国梅花鹿之乡”的美誉，是全国商品粮生产基地县，全国三个民间绘画画乡之一。这次采风活动，是为了配合东丰县申报“中华诗词之乡”而组织的。采风活动结束后，将出版大型诗集《诗情画意鹿乡行》。

沉痛悼念孟繁锦

身经行伍亦书生，不倦修来学养精。
联律曾编循法度，吟声再和聚群英。
锦云轩雅笺留迹，紫竹斋幽墨有情。

塞上悲歌牵鹤梦，哀思无尽悼公卿。

2014年7月22日

【题解】

锦云轩，系孟繁锦先生之斋号。紫竹斋，系余之斋号。2011年9月，孟繁锦先生回到家乡吉林，考察基层楹联基地建设工作，小住空军大学招待所。余曾随于濯非看望孟先生，余赠先生一幅书法对联，先生赠余隶书册页《岳阳楼记》，并题："鹏云先生惠存，孟繁锦捧赠。"

沉痛悼念翟志国

伊水惊传凄切风，悲情无限眼蒙眬。
几番琢璞谋深境，数载推敲赖厚功。
塞上思牵云驾鹤，关东雨冷泪哀鸿。
诗存付梓西行漫，洒脱依然耐寂公。

2014年7月28日

赞我军卓越的思想政治工作领导者关向应

当年号角励精英，北讨南征贯一生。
湘鄂突围嘶战马，晋绥驱寇舞长缨。
孤军穿越武陵险，两路会师延水清。
大业垂成星陨落，但将遗志化新旌。

2014年8月6日

【题解】

关向应（1902—1946），辽宁省大连市金州区人，满族，原隶满洲镶红旗，康熙二十六年（1687年）改隶满洲镶白旗。中国无产阶级革命家。早年投身革命，1924年加入中国社会主义青年团，1925年加入中国共产党。1927年先后在中共河南省委和共青团中央组织部工作。在中国共产党第六次全国代表大会上被选为中央委员，会后任中国共产主义青年团中央书记。1930年在中国工农红军军事委员会及中共中央长江局工作。1932年到湘鄂西革命根据地任湘鄂西军委主席和红三军政治委员。1934年10月任红军第二军团政治委员。长征途中，任第二方面军副政治委员，曾坚决抵制张国焘另立中央、分裂红军的错误行为。1936年冬任第二方面军总政治委员。1937年任八路军第一二〇师政治委员，与贺龙一起开辟了晋绥根据地。在中国共产党第七次全国代表大会上继续当选为中央委员。1946年7月21日病逝于延安。

参观四平战役纪念馆感怀

日历轻翻忆旧年，满城炮火满城烟。
军旗弹洞飘青史，勇士枪林破晓天。
每望残桥魂梦绕，常怀僻巷血躯捐。
山河重整焦颜尽，共著春风大雅篇。

2014年9月4日

【题解】

在中华诗词纳兰祖地行诗词研讨会期间，四平市诗词学会组织与会人员参观了四平战役纪念馆。四平战役纪念馆位于四平市英雄大街与新华大街交汇处烈士纪念塔南侧，正门上方镶嵌的四平战役纪念馆七个镏金大字，为彭真同志亲笔题写，纪念馆展览面积为三千一百平方米。1946年至1948年的东北解放战争期间，国共两党为争夺四平，先后四次倾兵大战。

四平在撼天动地的炮火，血光飞溅的厮杀中几易其手，成为当时东北战场上一个令人瞩目的焦点。中国共产党领导的东北民主联军以伤亡四万余人，其中牺牲近两万人的代价夺取了四平之战的最后胜利，四平市也被誉为关东大地的英雄城市。

人民大会堂礼赞

当年妙笔绘神奇，十柱巍峨耸丽姿。
堂纳九洲开盛纪，音传四海醒雄狮。
邀来代表民生议，集得良谋大计施。
破晓天安腾旭日，东风劲摆五星旗。

2014年9月20日

【题解】

人民大会堂，位于北京市中心天安门广场西侧，西长安街南侧。是全国人民代表大会开会的地方，是全国人民代表大会和全国人大常委会的办公场所。是党、国家和各人民团体举行政治活动的重要场所，也是中国国家领导人和人民群众举行政治、外交、文化活动的场所。人民大会堂坐西朝东，南北长336米，东西宽206米，高46.5米，占地面积15万平方米，建筑面积17.18万平方米。人民大会堂每年举行的全国人民代表大会、中国人民政治协商会议以及五年一届的中国共产党全国代表大会也在此召开。孙维杰重九约聚杂感。

孙维杰重九约聚杂感

虽未登攀望远踪，园斋约客旧情浓。
诗须老酒能三百，枫遇新霜恰九重。

闲看征鸿南复北，漫随妙季夏还冬。
高山流水千年事，每向知音最动容。

2014年10月6日

我与关东诗阵

记得当年秋月明，登高重九唱清平。
关东临赏大轩主[1]，沙发跟粘小补丁[2]。
兴至群贤能解惑，趣来惰叟也勤耕。
寒来暑往匆忙过，十载光阴照晚晴。

2014年10月16日

【注释】

①大轩主：系关东诗阵原首席版主翟志国，网名耐寂轩主。

②小补丁：系关东诗阵原版主，哈尔滨诗人王卓平，曾用网名小补丁。

贺张福有发现五万年前长白山手斧

痴心未改志盈胸，再踏东荒觅旧踪。
破晓渔歌听水险，更深笔墨看笺丰。
白山手斧黄崖露，宁古洪钟紫雾浓。
圭臬欧帮原悖论，漫江拍岸鉴真容。

2014年11月5日

贺聂德祥《虎啸集》获长春君子兰文艺奖

边台吟啸客，剑气荡胸中。
驻马桃源梦，观澜笔底风。
窗寒兰影瘦，心暖月魂融。
君子春争秀，秋来晚更红。

2014年11月9日

贺《雄碑韵影》诗书合璧集付梓①

大碑巍耸向青天，千载加逢六百年。
南北骚人诗入境，东西墨客笔生烟。
谋篇精制彰雍雅，立意雄浑唱古贤。
岁月长河流韵影，春秋画卷世相传。

2014年12月6日

【注释】

①《雄碑韵影》，系吉林省政协书画院为纪念好太王碑立碑一千六百周年印制的诗书合璧集。

步韵遥贺包德珍大姐七十六寿辰

风光无限浸芳园，如醉诗心向晚暾。
昔日佳人雏凤志，今朝巨擘老梅魂。

茶楼听雨芭蕉韵，海岛观涛凤竹痕。
一曲新词浓似酒，天涯与共胜金樽。

2015年1月21日

贺南湖诗社成立十周年

吟旌摇曳碧湖边，雨润风清路十年。
日暖采风杨柳韵，岁寒听雪竹梅篇。
情牵山野心花艳，人醉江烟乡月圆。
有道群贤互勉励，勤耕老骥不须鞭。

2015年1月25日

编辑稿件感怀

未因才浅做闲翁，嚼字咬文弄雅风。
趣远心追三境界，情钟神醉九成宫。
临宵琢句添嫣紫，破晓谋篇挂曙红。
盘点稀珍当自喜，心潮每起浪排空。

2015年2月10日

步张福有《乙未迎春》韵

新春宜入咏禾嘉，开泰三阳露晓霞。
柳岸风清摇万里，烟桥雨润过千家。
黎民常思雪中炭，勤政频添锦上花。
盛世祥云生五彩，心歌唱彻向天涯。

2015年2月12日

步韵贺刘征《龙蛇集》出版

吟坛唱龙蛇，卷帙风流集。
仰止复高山，桃李春蹊历。
不老是诗心，耋耄情怀激。
云烟岁月长，文赋沧桑立。
虎啸走惊雷，鹗鸣过玉璧。
燕语话春光，雨神生霹雳。
家国太平时，忧患众能匹。
史册荡新清，笙箫盈九域。
一曲逍遥游，南溟翅可极。

2015年3月20日

参加长白山文化建设工作会议感怀

鸣春雁阵过长空，衔得流霞破曙红。
胜域声音传号角，名山故事待追终。
行吟证史群贤赋，思咏知今塞外风。
再聚云台凝睿智，千般锦绣壮关东。

2015年3月26日

故乡春雨

熏风一夜绿千山，细雨如丝落不闲。
岭下人家烟袅袅，村旁柳岸水潺潺。
心邀紫燕泥巢筑，情向繁枝蓓蕾斑。
看取春光霞起处，耕牛播梦遍田间。

2015年4月19日

闻张福有赴九台宣讲长白山文化与边台文化

柳条残道筑沧桑，要塞边门岁月长。
饮马河湾闻劲旅，传人腰岭话封疆。
先贤别有兴亡训，侪辈频修继往章。
文化支撑基础厚，九层土累固朝纲。

2015年5月17日

参观中共北满分局旧址

沧桑积满小楼头，剑影寒光乱世秋。
血染松江因敌忾，刀挥倭阵誓同仇。
弹痕犹自证兵燹，铜像依然放远眸。
拓北御南凭大略，丰功一段史长留。

2015年6月26日

喜读《寻访额赫讷殷》感赋①

欣然捧卷重如金，巨制鸿篇额赫寻。
三百年前人与事，八千里后古和今。
漫江夕照征鸿渺，枫岭奇缘大野深。
自有英雄淘不尽，为圆一梦苦身心。

2015年7月12日

【注释】

①为考察康熙十六年（1677年）武默纳看验长白山之路，张福有于2014年10月至2015年1月，重走武默纳三百三十七年前所走之路，取得五项考古新发现，在吉林文史出版社出版《寻访额赫讷殷》一书。长白山管委会池南区以此为依据，建成《讷殷古城》，被国家有关部门评为4A旅游项目。

看望吴文彦并祝乔迁

几度窑门热血燃，晨歌暮曲唱流年。
听琴一剑书同道，寄景三花结雅贤。
肠断别时频对酒，情牵故里忆投缘。
春城雪柳增新色，直向云头索好篇。

2015年7月25日

有感吴文彦参加省诗词学会理事会

笔底乾坤绮梦长，明星耀眼入华堂。
梅蹊索句词堪爽，雪域吟声韵也狂。
信使心高能揽月，常怀志远可攀阳。
乡情浓郁壶中酒，妙语如泉伴梦香。

2015年7月28日

步马凯韵贺中华诗词学会四代会召开

高坛雅唱愧临迟，沐浴春风老杏枝。
雨润香凝红蕾绽，江流竞远白帆驰。
云霞剪作惊天赋，岁月裁成动地诗。
大梦萦怀凭妙笔，传承薪火恰逢时。

2015年7月31日

赠东丰县实验小学萌芽诗社

萌芽新豆蔻，阆苑共芳年。
晨露天真句，春风烂漫篇。
心歌通曲径，妙语唱流泉。
最美园丁梦，斑斓五色燃。

2015年8月6日

【题解】

2015年8月4日至5日，吉林省诗词学会会长张福有，副会长吴文昌、沈鹏云来到我省申办“中华诗词之乡”的东丰县考察验收六个基层“诗教先进单位”，县实验小学萌芽诗社是其中之一。

参加中华诗词四代会小住蟹岛留句

韵起京华大浪淘，时逢盛会举旌旄。
荷塘水静流云淡，蟹岛蝉鸣唱日高。
画意诗情融国梦，吟经颂雅领风骚。
骁军何惧征途远，直向天涯抖战袍。

2015年8月23日

四代会上初识宋彩霞①

缘结京华意不同，抒怀咏志尽由衷。
清姿竹影翩翩绿，妙语梅魂点点红。

湖上波飞牵雅韵，轩前霞染望征鸿。
人间万象胸中纳，笔底波澜大雅风。

2015年9月1日

【注释】

①宋彩霞：系《中华诗词》原编辑部主任，在中华诗词第四次全国会员代表大会上，宋彩霞同志为东北组的联络员。四代会期间，宋彩霞同志始终身着绿色服装。

读《铁血忠魂》随感

一卷萦怀铁血温，硝烟弥漫旧乾坤。
白山孕育关东气，黑水催生壮士魂。
决胜疆场留记忆，依稀岁月刻伤痕。
虽逢盛世防倭犯，磨砺锋刀护国门。

2015年9月14日

赠赵永生①

何曾搔首竞霜头，情眷京华雅韵悠。
梨苑清音藏技艺，戎装列队演春秋。
山高水远长征路，马骏缨红壮志酬。
最是晴阳无限好，吟坛一跃放歌喉。

2015年9月24日

【注释】

①赵永生：系中华诗词学会副会长。2015年9月，由省诗词学会张福有、沈鹏云、温瑞、高丰清同志陪同，对东丰县创建“中华诗词之乡”进行检查验收。

读陈岐山《净月山韵》有赠[①]

声声山韵唱流年，一派秋光耀雅笺。
月下烹茶堪悟道，云头煮酒许成仙。
怡情养性千般趣，咏史观时百感篇。
每向晴阳淘妙色，凌风红叶染江天。

2015年10月23日

【注释】

①陈岐山：系吉林省监察厅执法监察室原主任，省纪委监察厅驻省财政厅纪检组原组长、监察专员，省委省政府信访督查专员。10月22日，从吴文昌处得陈岐山新作《净月山韵》，遂赋小诗一首。

贺四平市铁西区诗词学会成立

盛会良辰锦瑟开，英雄每唱动情怀。
浣沙梦里清溪去，破阵囊中妙语来。
直引群芳香作韵，传承国粹雅为材。
但将逸兴融山水，多彩人生大舞台。

2015年11月2日

踏查长白山第一人刘建封

柞杖芒鞋探大荒，峰巅十六得名芳。
瑶池寻梦云开路，琼瀑飞虹雾下岗。
水远松高留足迹，天寒雪漫唱华章。
牙湖钓叟淘真趣，桐叶豪歌笃志长①。

2015年11月4日

【注释】

①1909年，刘建封建安图县时，在县城西月牙湖上建一太平桥，使此处成为名扬长白山脚下的一处景观，谓之“牙湖晚钓”，为吉林省“安图八景”之一。

咏长白山历史文化园天鼎

经霜沐雪傲苍穹，巨鼎朝天壮大东。
过眼云烟融腹内，流金岁月铸形中。
锵锵尽显英雄气，凛凛威严王者风。
亘古长吟身不老，磐尊贯度晚霞红。

2015年11月20日

咏长白山历史文化园牌坊

耸肩翘首画梁横，遥对仙山话盛清。
昔见獐狍蹄溅雪，今听松柏臂摇旌。

千般景致园中嵌，万缕烟霞岫顶萦。
百载风云谈笑过，凭高纵目阅峥嵘。

2015年11月21日

贺延边诗词学会成立二十周年

骚坛阆苑伴丝弦，一路高歌二十年。
犁下春光翻作赋，镰头秋色谱成篇。
吟旌漫舞长天外，妙韵频飞大塞边。
开启新程情激越，清平绮梦更无前。

2015年11月22日

步张福有韵《丙申贺春》

轮回接续丙申时，苦旅吟怀瑞雪知。
国梦圆成新柳韵，真情剪作老梅诗。
经年妙曲留清卷，胜迹祥光落碧池。
流派长旌风漫卷，大荒云底正挥师。

2016年1月25日

步韵贺李旦初八十二华诞

杏坛传道写春深，每忆征程苦旅音。
情注校园凭热血，花开桃李靠倾心。
清词红豆流云伴，散曲黄河健笔吟。
老骥从来千里志，不因雨雪畏寒淋。

2016年2月6日

【题解】

李旦初先生八十二华诞，李玉平同志为其师约稿致贺。旦初先生原玉《八二初度述怀》："回首征途雨雪深，惯于险境觅知音。曾遭赤马红羊劫，永葆生龙活虎心。耄耋日斟三两酒，糊涂时酌八行吟。人生风雨寻常事，咬定青山任尔淋。"

附，李旦初先生原玉《八二初度述怀》：

回首征途雨雪深，惯于险境觅知音。
曾遭赤马红羊劫，永葆生龙活虎心。
耄耋日斟三两酒，糊涂时酌八行吟。
人生风雨寻常事，咬定青山任尔淋。

丙申春日自嘲

大圣归来又一年，沧桑爬满额头前。
中天倦意酣难醒，午夜精神苦不眠。
走笔云烟聊自慰，嫁衣作罢笑人癫。
痴心日久堪生梦，可信歪诗换酒钱？

2016年2月10日

步张福有韵贺《刘大同诗集》出版

唤得春光向大同，长旌又举不咸中。
草头打马南挥杖，崖畔栖身北饮风。
饱蘸艰辛凭热血，漫经寒暑辨真雄。
东荒补韵群贤至，流派追源唱钓公。

2016年2月22日

步张岳琦韵春城小聚有记

春秋由几度，聚散往来间。
礼记乾坤大①，骚人雅韵潺。
吟成红豆曲，唱彻紫霞山。
柳影痕生翠，清风送我还。

2016年3月8日

【注释】

①礼记：即东北师大外国专家公寓礼记餐厅。

步韵贺田子馥八十华诞

虬枝挂雪苍松劲，八秩风光未弃求。
走笔如雷勤作鼓，思维若海苦行舟。

诗坛漫议通三境，曲苑频弹豁众眸。
但付桑榆霞正美，经年老圃艳阳秋。

2016年3月20日

【题解】

田子馥，笔名老圃、冷石，吉林梨树人。其著作颇丰，著有《工人转本体美学》《美与哲理散论》《美的魅力》《文心驿程》，诗集《老圃诗词选》《耦耕集》《刘大白诗词解析》《辛弃疾词选注》，戏剧剧本《晴雯传》《出厂之前》等。美学专著《二人转本体美学》获1997年吉林省“长白山”优秀图书奖，论文《论社会大文化的新趋势》获1989年吉林省社会科学优秀奖，《论二人转通俗之美》获吉林省“长白山”优秀政府奖，《晴雯传》获吉林省创作一等奖等。

步张福有韵续叶嘉莹海棠雅集句

春风又至海棠时，红透香腮影未迟。
要眇浣花洪度韵，才高漱玉易安诗。
修文解律雕云锦，传宋承唐得口碑。
娴雅雍容闻巨擘，水龙吟唱世人知。

2016年4月23日

【题解】

余在腾讯视频数次观看叶嘉莹先生《中华诗词之特美》四讲，深为先生渊博的知识，清晰的思路，翩翩的风度所感动。海棠雅集期间，叶先生同张福有同志说：“我是叶赫人，吉林是老家。”闻之倍有亲切感。

赞张福有在人民网谈“关东诗阵现象”

高坛落座约嘉宾，每向关东似数珍。
妙笔能生千丈锦，清词可酿一壶春。
白山奥古深踪探，松水源头大写真。
国粹传承流派壮，吉林现象史标新。

2016年6月23日

贺郭凤和《侠客吟》付梓

浩吟一卷诉衷肠，苦乐盈怀唱北疆。
江畔笛声犹打浪，山头诗句已成行。
一身豪放痴情重，十载光阴绮梦长。
野壑生涯传妙笔，冲天侠气任飞扬。

2016年7月17日

重读《耐寂轩诗存》怀翟志国

因何酷夏叹悲凉，冷雨凄风斜打窗。
字字轻吟思耐寂，桩桩往事入诗行。
君曾剔莠园丁圃，谁续雕刀琢璞坊。
挥泪缘皆离别苦，逢期还酹向苍茫。

2016年7月31日

同宋轼霖品茗闲侃

辗转春秋忆旧图，胸中志趣话同殊。
羡君善走生花笔，惜我偏充博弈徒。
翰墨堪分浓与淡，功名何计有还无。
蓬莱阁聚逍遥客，邀月清吟对紫壶。

2016年8月9日

贺张福有赴南湖诗社讲座成功

湖波客座乍逢秋，诗意淋漓唱不休。
据典引经堪证史，攀山苦旅岂闲游。
痴情长白摇新帜，流韵松江荡旧忧。
自古关东多厚重，裁云拨雾赖卿谋。

2016年9月6日

教师节前收到学生短信感怀

九月佳音又送传，楼头孤影兴难眠。
杏坛清守台三尺，习作常留墨八篇。
栽得无名花馥郁，剪成别样树参天。
霜枫大野秋犹灿，自奋黄牛不用鞭。

2016年9月8日

【题解】

晨起，收到吉林广播电视大学毕业生谷欣同学短信贺教师节快乐，让我内心十分欣慰。谷欣同学是我担任吉林广播电视大学书法责任课教师期间最得意的门生，她的书法作品屡次在全国大学生书法大赛中获奖。

翻阅部队老照片

月下戎装一哨兵，当年每忆泪先盈。
肩枪列队红星灿，拉练情依绿柳萌。
相册封存新面孔，军壶荡漾老歌声。
至今无悔青春梦，但有来生再远征。

2016年9月27日

赞龙潭山双鸟回首青铜剑

古道秋深望日残，龙潭枫岭醉如丹。
几番兴替千年事，双鸟回头一剑寒。
岁月斑痕留霸气，风云浩荡绕仙坛。
历经漫漶形犹健，刃自锋芒柄自端。

2016年9月29日

沉痛悼念老友张俊先

惊闻噩耗倍凄然，我自捶胸问九天。
曾介寒门经历练，亦居要职任担肩。
音容犹在三生忆，品德长留一世缘。
故土今归堪笑慰，桑榆月下好安眠。

2016年10月20日

赴德惠诗社诗词培训班讲座留句

欣闻雅聚兴由衷，直向窑门晓雾朦。
篱畔三花摇作赋，云头一剑舞成虹。
新词韵谱新歌里，老宅情融老酒中。
经典掀开新境界，千帆劲挂趁东风。

2016年12月25日

步马凯韵贺《中华辞赋》创刊三周年

芬芳数载莫言迟，占得春光韵满枝。
腕底生风旌劲舞，心中有梦绪奔驰。
横琴操手经纶句，仗剑拿云磅礴词。
昂首雄鸡初报晓，诗人贺赋正当时。

2017年1月9日

贺赵日新《弦月》出版

小镇边陲屹，晴开日渐新。
弦歌和柳浪，琴韵洗心尘。
陶醉裁云梦，关情写意人。
春秋时美奂，入卷一怀亲。

2017年1月15日

步张福有韵贺《春韵满神州》出版

雄鸡又唱遍天东，绮梦乡情贺志同。
塞上犹封千丈雪，地支已满十分功。
霜毫着意飞霞锦，雅韵随心向月空。
秀水佳山收卷帙，清音朗朗伴春风。

2017年1月22日

【题解】

关东大地的贺春唱和雅事，始于2004年小年，由张福有与佟江七子一东联句发端。从2005年到2016年，迎春贺诗地支满一轮。全国三十一个省、市、自治区和港、澳、台及海外一千二百四十余位诗人响应，共得贺春和诗四千二百多首。从中选出一千二百四十余位作者，两千六百余首和诗，现以《长白山诗词》2016年增刊形式结集出版，载入史册，可喜可贺。

步张福有韵贺长白山文化暨抗联文化座谈会召开

感时闻讯泪轻潸，星落霞飞令昨颁。
热血曾经融碧水，忠魂依旧伴青山。
陲荒史拓龙兴地，文盛今登风雅关。
前路春光花似锦，催鞭策马踏歌还。

2017年2月20日

步叶剑波韵雅聚抒怀

老友重逢又唱春，开怀把盏岁更新。
深街古柳风雕碧，浅巷疏枝雪挂匀。
情注心间承国粹，霜飞鬓上数年轮。
寒烟锁定青山远，余韵斜辉向晚巡。

2017年2月22日

友人自海南来电述怀

候鸟随迁又避冬，我如麻雀老行踪。
幽居濡墨邀新月，险处临风对古松。
身累浮名难济世，心存寡欲得从容。
思来最是东篱好，每向南山探几重。

2017年2月27日

纪念杨靖宇将军殉国七十七周年

每望丰碑鏖战闻，枪林弹雨伴将军。
卧冰摩岭不移志，喋血濛江屡建勋。
浩浩雄风高万丈，巍巍岱岳矮三分。
当年火种播天下，伟业垂成倍思君。

2017年3月5日

悼念乡村教师于恩兴①

发小惊闻驾鹤西，浑如雪夜冷风凄。
红楼梦里评林贾，绿牡丹中说宦黎。
三尺讲台留美誉，一园桃李自成蹊。
仙山琼路君行好，静卧云端枕月栖。

2017年3月20日

【注释】

①于恩兴：我的发小，曾是德惠市边岗乡金星村的乡村小学教师。

贺中华诗词学会和吉林省诗词学会成立三十周年

飞花几度漫神州，卅载春风卅载秋。
诗向溪头唐韵雅，调从篱畔宋音稠。
江南雨细花三径，塞北冰清月一楼。

劲旅长歌重抖擞，扬帆挺进向潮头。

2017年3月29日

祝贺吉林省诗词学会成立三十周年座谈会召开

东荒龙脉瀑飞流，携侣同心忆旧游。
雨润桃嫣枝上俏，风撩柳媚岸边幽。
烟江放韵千般梦，驿路寻踪几度秋。
薪火传承忧责重，悬帆摆舵立潮头。

2017年5月16日

贺邵红霞五十华诞

天命之年感慨新，男儿本色女儿身。
凭缘供水心能澈，遣兴雕花句可珍。
痛饮常因知己醉，情关每向故园亲。
高岑最是寒烟翠，但领风骚写大真。

2017年5月26日

贺《长白山日报·大东汇韵》专刊出版

阆苑奇葩绽满枝，松江破浪韵成诗。

吟田拓笔千章赋，艺岭摇枫万杆旗。
路远修其当进取，精工卓尔不宜迟。
长旌劲旅关东阵，更向高歌唱响时。

2017年6月5日

步叶剑波韵贺长白山之夏文化旅游节开幕

云影天光耀翠微，山城六月沐新辉。
长街鼎沸旌旗舞，峡谷幽深雪浪飞。
文化支撑圆好梦，风帆直挂破重围。
边陲奏响和谐曲，伟业垂成载誉归。

2017年6月11日

喜读《刘大同诗集》感赋

沧桑老笔写春秋，辗转生涯一卷收。
驿路三千经岁月，奇峰十六赖公侯。
霞飞极顶圆虹卧，雾锁平湖瀑布流。
侪辈相承鹏正举，大同浩气贯神州。

2017年6月16日

贺冯树良《古稀吟稿》付梓

沃土生根大树良，枝繁叶茂正秋光。
凌云得句红霞灿，沐雨行歌紫蕙香。
社稷情牵论兴废，乡关身许话农桑。
依稀回首千般梦，一卷清吟唱夕阳。

2017年7月12日

为友人书《陋室铭》感怀

平展生宣六尺长，轩窗倚案墨飘香。
庐题诸葛南阳句，亭冠子云西蜀章。
陋室常怀天地阔，鸿儒每对古今详。
如斯得悟铭心境，笔住神凝韵绕梁。

2017年7月16日

翟志国逝世三周年祭

几许关东堪巨头，时怀版首涕难收。
斯人已去音容在，数载投缘唱和酬。
屏上篇章精琢璞，街边酒馆叹乡愁。
诗存一卷风流韵，豪爽师魂荡九州。

2017年7月27日

又见高兄丰清

魂牵梦绕画乡行，花海同游最放情。
经历难磨棱与角，光阴易染鬓和庚。
深谙格律凭风采，独傲江湖乐酒酲。
心若能清添福寿，轻聊慢侃向诗黉。

2017年9月19日

国庆六十八周年喜赋

风轻云淡沐秋阳，柏翠松青国运昌。
躯筑长城旗血染，心歌义勇梦高翔。
初衷耿耿凭宏志，愿景蒸蒸赖栋梁。
大朗乾坤生紫气，华光盛世万年祥。

2017年10月1日

春城初雪

琼姿素影任徘徊，步履姗姗伴梦哉。
浪漫秋光犹未尽，天真冬韵始初来。
千窗静纳寒枝坠，万巷平铺暖絮裁。
愿把瑶华融大地，明朝玉露润花开。

2017年11月3日

贺王士臣被授予“中华诗教先进个人”

鸿雁衔书喜讯传，东丰翘楚颂名贤。
画乡着意裁成卷，诗域随心咏作泉。
枫叶曾经摇浪漫，琼花又至舞蹁跹。
但知前路风光好，再举吟旌唱凯旋。

2017年12月8日

贺公主岭市被授予“中华诗教先进单位”

讯自江南送惠风，响铃美誉映明瞳。
浓情若酒诗人醉，佳句如珠卷帙丰。
童话满城星灿灿，民谣遍野韵葱葱。
时来塞北添新雪，岭上梅开分外红。

2017年12月10日

夜宿龙润温泉

霜天万象幽，暮色锁乡愁。
岭峻风生韵，松高雪染头。
出门寒气送，入浴热泉流。
笔下风光驻，诗痴一老囚。

2017年12月20日

谒陈云雕像

酷似青松立，雄姿傲雪邻。
沉思心若定，帷幄目凝神。
盘算家珍数，兴邦国政新。
临江怀志远，侪辈正传薪。

2017年12月20日

松岭雪村

远望松风劲，寒烟淡墨珍。
高枝生翡翠，小院垛金银。
客醉千秋雪，旗摇满岭春。
卧坡佯不醒，做个武陵人。

2017年12月20日

贺耿明辉《青兰浅吟》即将出版

柳岸风轻送晚霞，浅吟一卷韵芳华。
兰姿剪作笺中锦，云影拼成笔下花。
几许春光人未老，一番秋意梦无涯。
松江涌动排空浪，借得东风乘远槎。

2017年12月27日

读德祥兄《相知集》有记

别绪萦怀岁又更，窑门幸会识高情。
君修浩气凭肝胆，我得相知见赤诚。
纵意痴情敲雅韵，飞花逐梦唱心声。
人生苦乐皆滋味，几度翛然重若轻。

2017年12月28日

冬日漫步

独立江桥赏暮冬，天低雪静柳垂凇。
匆匆步履量新寿，奕奕诗心撞老钟。
壮志曾经堪自慰，古稀初度亦从容。
残留旧梦闲云共，莫问前方路几重。

2017年12月29日

纪念强晓初诞辰百年

牧羊年少栉风雨，有幸恩师识栋梁。
水阔成篇书普惠，山高放韵句铿锵。
初心可铸征程远，步履终圆大梦长。
塞上吟旌红似火，但留美誉遍城乡。

2018年1月5日

贺沈定安《芦荡飘絮》付梓

芦荡飞花兴味萌，乡音如絮总关情。
光阴储蓄人犹健，记忆翻开岁已更。
旧事曾经抒意气，新庚继续写峥嵘。
胸中绮梦谁堪解，乐在山河锦瑟鸣。

2018年1月7日

【题解】

沈定安先生系江苏省泗洪县教育局从事成人教育的退休干部，家住泗洪县山河佳苑小区。余事，喜诗词歌赋。近日，欲出版《芦荡飘絮》诗集，约我题写书名，题罢奉诗一首。

和岳琦《边地严冬》

时逢数九冷疏狂，塞上乡关雪筑墙。
候鸟南迁凭志远，苍鹰北向任翱翔。
临高得见肝和胆，居静常思兴与亡。
絮挂梢头春又至，闲亭雅院剪扶桑。

2018年2月8日

观王恩林、李淑范近照的联想

每叹光阴两鬓霜，当年曾几读书郎。
乡间土路五华里，教室红砖三栋房。

兴旺庄头人可忆，烧锅地里梦留长。
长安每向心生叹，缓步汉中观夕阳。

2018年2月18日

次韵贺李文朝七十初度

留痕岁月梦依稀，纵意人生大课题。
韵府飞歌风采路，边关走马雪戎衣。
胸怀家国凭情笃，笔落云笺许字玑。
最是初衷犹未改，精诚守望护旌旗。

2018年2月20日

步张福有韵贺通化县创建中华诗词之乡启动

又度春光沐万岗，冰凌初绽韵轻扬。
吹箫人伴茂山月，横笛客吟佟水乡。
歌赋珠飞嫌梦短，酒花泉涌盼情长。
难能最是同心曲，待向深秋索锦章。

2018年2月25日

次岳琦韵欢度元宵节

苍茫大地静无声，雪卧凇摇放眼清。
锣鼓鸣时红福映，鱼龙舞处紫云呈。
诗将绮韵凝新梦，月把良宵洒满城。
盛世堪夸方略好，小康一路景昌明。

2018年2月27日

步韵贺张岳琦八十华诞

人生八秩寿高修，经雨经霜竞自由。
记忆掀开年已久，光阴拂去岁还流。
诗能圆梦寻千境，民可关情问几愁。
但引清风盈两袖，冰心一片欲何求。

2018年3月10日

编辑张明艳和唐寅《落花诗册》有记

几许落花犹记年，香魂化蝶舞成篇。
但凭凳冷敲新韵，不悔衣宽唱古贤。
妙语燃情情似火，奇思翻滚滚如泉。
风流倜傥神来笔，合璧诗书总是缘。

2018年4月9日

引叶嘉莹联贺戊戌海棠雅集

沉浮往事说都城，屈辱千般怎忍听。
入世已拼愁似海，逃禅不借隐为名。
而今恭府逢春早，又见棠枝唱晚晴。
四季风云由冷暖，初心唯是岂能更。

2018年4月16日

步张福有韵贺江密峰第二届梨花节开幕

记得当年春正幽，风熏雨细未曾秋。
烟霞吞吐清姿舞，眉眼描摹雅韵流。
暗度香波弥曲径，初飞素锦落芳陬。
骚人与共山梨老，笑叹相逢又白头。

2018年5月5日

纪念马克思诞辰二百周年

一部宣言振聩聋，幽灵犹在越时空。
凭高泰晤传神笔，居陋菜菌坚帜红。
真理催生新境界，檄文捣毁旧苍穹。
续篇赖有英雄写，圆梦倾心向大同。

2018年5月7日

贺《张福有诗词续辑》研讨会在长春召开

柳媚风摇夏日逢，华堂骚容握从容。
新歌吟咏二千韵，古道详查十六峰。
字若珠玑词若玉，意如磐石志如松。
同心圆得多年梦，共向高端破万重。

2018年7月1日

又见韩国荣

熏风摇柳日当空，约聚殷情小馆中。
万卷诗书添逸趣，几间篱舍少俗风。
人能儒雅凭修养，性本温良仗厚功。
虽唱夕阳无限美，相逢也叹岁匆匆。

2018年7月4日

赏杨靖宇铜印

铜章卧土染泥红，再现当年浴血功。
四壁围成小天地，一方印证大英雄。
犹闻号令酬宏志，但见旌旗化彩虹。
故事传奇刊寸石，忠魂浩荡壮关东。

2018年9月22日

卷二　绝句

登关东诗阵

大阵初临恐兼惶，脑门出汗脚冰凉。
鞠躬愿把书童做，奉笔铺笺拜宋唐。

2010年5月16日

下榻美人松宾馆

夜宿深山野草熏，美人做伴客欢欣。
清晨远望迎新爽，信手拈来朵朵云。

2011年5月21日

【题解】

2011年普通高校招生考试工作在即，吉林省教育厅组成十个督察组到各市州检查高考前的监控和保密设备的准备情况。5月21日，余带领民族教育处处长黄宗植和省招生办范志军到长白山管委会教育局进行检查。当晚，住在池北区美人松宾馆。

赴九台公考命题四首

一、入闱

深院高墙铁网排，为遴才俊入闱来。
青云有路能平步，情愿今生锁九台。

二、命题

试题草就又重编，恐易防难也怕偏。
驽马焉能驰万里，良驹我助越高巅。

三、散步

余晖信步小湖东，饭后三圈又放风。
议论由头题内事，人间万象在其中。

四、惜别

昼盼宵来宵盼明，观星数日算归程。
七天结下桃园义，难舍依依是别情。

2010年9月15日

读崔铁河《柳边草》有记

情系柳边裁锦霞，七星山下摘奇葩。
囊中细数鲜活句，字字都沾伊水花。

2010年11月10日

常忆西柏坡

大业垂成忧患多，行前赶考记心窝。
乾坤巨变新程启，依旧箴言在此坡。

2011年7月3日

【题解】

西柏坡，全国著名的五大革命圣地之一，位于河北省平山县中部。1948年党中央、毛主席移驻西柏坡，在这里指挥了震惊中外的三大战役，召开了具有历史转折意义的七届二中全会。新中国成立前夕，中共中央机关离开西柏坡时，毛泽东同志对周恩来等几位中央领导同志说：“今天是进京‘赶考’。”周恩来同志说：“我们应当都考试及格，不要退回来。”当年，毛泽东等老一辈革命家就是带着这样的决心进驻北平的。

南湖红船

开天辟地举新旌，破浪红船此启程。
舟载舟倾皆是水，同心方可绘峥嵘。

2011年7月5日

【题解】

南湖红船，是中国共产党的母亲船。红船精神是教育当代中国共产党人的无价瑰宝，是用以提高党的执政能力，始终保持党的先进性的宝贵资源和精神财富。1921年7月底，南湖浩渺的烟波上，停泊着一艘单夹弄中型画舫，舫中十多位外地青年从中午十一时开会，直到傍晚六时。他们在这艘船上通过了《中国共产党党纲》《关于当前实际工作的决议》，选举产生了中央领导机构，庄严宣告了中国共产党的诞生。会议闭幕时，他们面对满天风雨阴霾，轻呼出时代的强音：共产党万岁！世界劳工万岁！第三国际万岁！共产主义万岁！一湖烟波无声，有幸见证阴霾中开天辟地的大事变。多年以后，毛泽东同志这样评价红船上的这一幕历史：“自从有了共产党，中国革命的面貌就焕然一新了。”

贺集安市创建中国书法之乡

剑铸丸都韵，词涵豆谷情。
名碑生古意，翰墨写殊荣。

2011年8月13日

秋观山里红

峻岭秋来满树风，枝摇鲜果正玲珑。
只因作尽相思梦，一见骄阳脸便红。

2011年8月25日

秋日闲吟

独倚斜阳浴塞风，一行雁阵过长空。
轮回时节岂由我，坐看青山又染红。

2011年9月12日

秋日雅聚谢安忠凯

情投雅趣莫言迟，剑胆琴心唱竹枝。
高阁三临频煮酒，秋风入韵已成诗。

2011年10月19日

【题解】

2011年入秋以来，忠凯君已经三次安排诗友雅聚。席间，用酒精炉将特制小烧加上枸杞、冰糖等重新煮制，好喝不上头。

和许清忠二首

一

江边偶遇莫嫌迟，浊酒燃情说故知。
难忘芳华颜色好，如今更惜菊黄时。

二

茅舍布衣诚可夸，东篱一唱向山崖。
等闲忆得当年事，童趣依稀绕我家。

2011年10月26日

附，许清忠《赠鹏云我兄》：

一

论诗把酒亦何迟，道是新知还旧知。
白发共看生两鬓，相逢能不忆儿时。

二

身世当年未可夸，从军分手各天涯。
相逢多少沧桑话，诗酒同根复一家。

习吟偶得二首

一

闲吟马背信无疑，语若惊人学养滋。
拾得朝花凭雅趣，淘成老辣自神奇。

二

吟诗岂是短时功，积累荒疏语意空。
举笔从容胸有意，博观约取韵生风。

2011年12月16日

戏题张福有雾凇照

银装素裹漫苍穹，雪柳千条一点红。
问取谁言催岁老，寒江俏立又还童。

2012年1月19日

春赏樱桃树

燕子归来最可期，风摇篱畔景如诗。
园中又被殷红染，点点相思挂满枝。

2012年4月25日

戏题与翟志国夜饮

畅叙街边老话长，地摊烧烤醉飞觞。
叮咛翰墨君收好，未入家门已丢光。

【题解】

翟兄志国言，其侄儿乔迁新居，请我书法补壁，我欣然应允。一日，告之书毕，翟兄约我在健民街一小馆小酌至深夜。翟兄大醉，我唤来出租车，并嘱，下车时勿忘字画。次日，翟兄电告，下车时还是忘拿字画。

2012年7月5日

春日四咏

一、梨花雪

盈枝俏雪绽娇妍，一片馨香漫舍前。
遥想岑公诗句冷，冬痕恰似梦悠然。

二、桃花汛

初逢雨吻暖春宵，枝挂云霞姹紫摇。
乍润新颜羞涩态，钟情蝶舞已魂销。

三、杏花雨

清芬扣结闹枝头，挤落芳心满地稠。
墙外春光争一眺，招来千载话风流。

四、杨柳风

春风裁绿小桥边，少女形如发过肩。
腰细裙长随浪摆，拂溪带雨貌含烟。

2015年5月7日

乙未立秋后二日留句

叶绿花黄送媚姿，菊香下酒正当时。
篱边最是邀君处，一片秋光送小诗。

2015年8月10日

闻天津八·一二大爆炸赞消防官兵

悲叹津门烈火涂，黑云难散废墟孤。
赴汤何惧身先死，热血官兵大丈夫。

2015年8月15日

秋　雁

频摇心事未成行，各自捎书字已凉。
遥望长天南北路，三分寒意入情肠。

2015年10月19日

咏长白山雷击木

雷鸣电闪黑云凄，巨柏应声灌顶撕。
腰断枝残老干立，千年未肯把头低。

2015年11月16日

沉痛悼念杨立三

相识关东信有缘，仙风道骨醉南拳。
惊闻噩耗生琼海，一曲悲歌化纸钱。

2015年11月17日

咏长白山历史文化园山神庙

青松瑞雪伴祥风，有庙山神佑大东。
但使天灾人祸尽，农家岁稔庆年丰。

2015年11月18日

长白山萨满部落六首

一、过三洗泉

迎风踏雪入山门，千里来寻萨满痕。

今有凡夫从此过，洗心洗面洗灵魂。

二、过情缘桥

雪卧林深小道穿，山风刺骨叹寒天。
松桥有幸飞霞落。身后惊呼喊有缘。

三、萨满九道关[①]

一钩残月天边挂，峰嶂林横九道关。
冒险飞身谁斗胆，丢魂落魄梦难还。

【注释】

①萨满九道关分别为：第一关，踏剑；第二关，滚针；第三关，戴铁帽；第四关，美人刀；第五关，下火海；第六关，穿铁靴；第七关，捞油锅；第八关，上刀山；第九关，滚大缸。

四、赏同心树

连根挽臂唱知音，钟情独有任古今。
经雨经风犹作伴，沧桑满树写同心。

五、观红豆杉王

一身红豆挂高杉，聚得山魂向远瞻。
王者临风能自省，相思从未舍尊严。

六、赞海东青

凌云展翅碧霄中，守望东荒万木丰。
神鸟从来修善举，驱霾破雾补圆虹。

2016年1月20日

游长春御花园感怀二首

一

御园漫步感心酸，每忆当年彻骨寒。
红杏枝头如溅血，风摇疏影迹难干。

二

最是伤春四月天，芬芳簇簇惹情牵。
含苞带露生新泪，如诉曾经屈辱篇。

2016年4月24日

【题解】

长春市御花园位于文化广场地质宫北侧，东临东民主大街，西临西民主大街，南侧紧临长春市老干部局，北部形状为半圆形，总占地面积约为16.4公顷。据史料记载，此地在19世纪末是农民刘殿臣的土地，当时他种植了大量的杏树、李子、樱桃，其中杏树最多，因此此地渐成名胜，所以通称杏花村。后来俄国军队驻扎在杏花村，把其中的花木摧折殆尽。其后长春府知府王昌枳重新恢复并建设了杏花村。在1934年伪满时期，杏花村被规划为溥仪的皇宫，最北部是溥仪的宫廷花园，即御花园。后来因太平洋战争的爆发，当局财力紧张，新皇宫和御花园都停建。而今，全园地势高低错落，起伏较大，南侧有一处约0.5公顷的水面，中部有两条突出的山脊，园区北部偏东有一处洼地。园区内现有大量成年植被，主要品种有黑松、柳树、杨树，另外有少量的皂角、火炬树、桧柏等植物。

参观解放军某部三首

一、赞大功五连

抗战驱倭拼命郎，功勋连队美名扬。
英雄本色今犹在，苦练精兵守北疆。

二、连队打靶

山沟育得栋梁才，飒爽英姿摆擂台。
俯卧端枪装子弹，梅花朵朵靶心开。

三、连队食堂用餐

烹调妙手炒还煎，配素搭荤营养全。
战士开心尝美味，补充体力待巡边。

2016年7月3日

步张福有韵题岫岩玉璧

玉体冰肌淘万年，晶莹秀润瓦沟边。
大千世界闻奇遇，叹向斑纹话虎缘。

2016年8月6日

�府鹭湖花海游思四首

一

秋光五彩竞芳芬，弥漫重峦景异新。
鸺鹭殷情深似海，回头每羡探花人。

二

云淡风轻送爽时，穿行鸺鹭惹遐思。
莫言唐宋词难讨，花海香浓探好诗。

三

蝶恋蜂迷花海亲，嫣红姹紫散香醇。
卿卿不必伤期晚，占得秋光亦胜春。

四

争奇斗艳向清秋，思绪骋怀无尽休。
人似花期何短暂，光阴逝去不回头。

2016年8月12日

秋夜听蛩

月色寒清柳线长，幽篱曲径听蛩忙。
凄声送尽悲秋意，此夜谁人不断肠。

2016年9月17日

江密峰山里

由来古驿客曾熙，树挑灯笼影渐移。
春去秋来寒暑历，辛酸满腹问谁知。

2016年9月19日

江密峰山菇娘儿

躲在山沟也卖萌，红妆又把绿妆更。
一年一度相思梦，越到深秋越动情。

2016年9月20日

江密峰贡山梨

圆润鲜黄挂满秋，浓香似酒醉心头。
当年天子曾青睐，老树依稀叙旧由。

2016年9月22日

秋日五咏五首

一、问月

中秋何故隐清身，大雨倾盆送冷频。

千里思乡难望月，可怜在外打工人。

二、观云

散淡飘零似白绒，无穷变幻挂苍穹。
人间世事何其似，尽在千姿百态中。

三、品茗

江楼月下火炉红，碧浪香波曲未终。
洗尽铅华淘尽梦，流年煮沸一壶中。

四、吟枫

登高极目浴金风，一道斜阳透万丛。
但看秋山颜色好，清霜初落叶初红。

五、赏菊

清芬恬静日新彤，岁月频敲时序钟。
人老当如秋菊淡，删繁就简便从容。

2016年9月30日

题《雄鸡唱春图》

展技施才趁五更，高昂三唱到天明。
值班正点从不误，唤醒人间第一声。

2017年1月25日

赏《雪梅照》咏叹

独傲三冬雪作邻，殷红数点抖精神。
古今多少风骚客，花谢情如别美人。

2017年2月2日

依彭远星韵贺《阳天诗刊》复刊[①]

新岁阳天得运筹，雄鸡报晓五更求。
诗家有梦吟声起，唱响罗浮第一流。

2017年2月2日

【注释】

①《阳天诗刊》系广东省兴宁市罗浮镇阳天诗社所办刊物，应彭远星同志之约致贺。

观诗词大会赞白茹云

本是乡间苦菜花，病魔缠体累生涯。
诗书在腹催情志，直向云端剪彩霞。

2017年2月10日

走进吉林政协书画院

墨袭香浸塞上花，丹青每染见奇葩。
招贤纳士多高手，国粹传承最可夸。

2017年3月15日

春游三月三

日丽风和三月三，燕耕柳浪韵幽涵。
梨花托起春之梦，破土新芽用力探。

2017年4月20日

夜游靖宇珠子河

长河珠子映霓虹，流淌清歌漾夜空。
过客油然生感叹，无情岁月恁匆匆。

2017年8月9日

靖宇晨曦

万道红霞初破晓，青山梦醒伴鸡鸣。
凭窗最是晨光好，远眺他乡也动情。

2017年8月10日

农安采风五首

一、游拥水公园

环堤烟柳淡云天，嫩苇秋鸭水岸边。
香饵垂竿凭一钓，甩长好梦赛神仙。

二、过太平池水库

太平池岸柳葱茏，秋色盈湖浪接空。
可纳涓流容乃大，均衡旱涝稔年丰。

三、观池塘睡莲

沐浴秋阳莲未睡，争先向上抖精神。
游人到此当须记，不染污泥洁好身。

四、谒农安金刚寺

暮鼓晨钟避世埃，清禅净法拜云台。
虔诚求佑匆匆客，心正方能勉祸灾。

五、赏农安花海

香海无边斗芬芳，紫魄嫣魂引蝶忙。
陶醉浮名心太累，何如做个採花郎。

2017年8月15日

题吴玉珩写意画《贺双节》

又沐金风景色幽，蟹肥菊瘦入清秋。
喧嚣一避频斟酒，醉向霜天笔意遒。

2017年9月21日

赏雪村灯笼

松岭饶乡雪筑魂，红灯高挑照柴门。
引来四面八方客，恰似春花绽满村。

2017年12月21日

四道沟古榆三首

一、长寿榆

自古神榆有性灵，沧桑阅尽万千形。
一方康泰黎民福，犹谢山前老寿星。

二、摩登榆

秉承善恶有根源，万象人间因果牵。
丑树摩登堪赞叹，修来大美度千年。

三、姻缘榆

苍颜虬干老榆森，故事相传古到今。
千载姻缘牵月下，红绳绾扣锁双心。

2017年12月22日

龙头山古道驿站

当年古驿火如荼，纳贡长驱踏远途。
乐道津津人入胜，原来故事有还无。

2017年12月23日

坡口坐雪爬犁

旗摇坡口面迎风，放胆飞驰雪浪中。
旧趣流年曾记忆，开心最是老顽童。

2017年12月23日

松岭小学

泥墙老屋叹微黉，方凳长桌板钉成。
窗缝传来声朗朗，一师一校一书生。

2017年12月23日

春日郊游

花萌柳媚草复苏，紫燕穿梁识旧庐。
快把春光埋沃野，开犁播梦绘新图。

2018年4月12日

邵红霞生日戏赠

植根塞上牡丹花，浪漫诗心喜浣沙。
若使青春能永驻，常需脸上挂红霞。

2018年6月10日

贺张福有负荷重走《皇华纪程》路

皇华驿路始天津，再挂征衣证史人。
负荷长驱堪赞叹，依如弱冠抖精神。

2018年8月7日

观西江镇诗词长廊

日照西江镇影长，稻花弥漫正飘香。
秋光染透千重韵，垄上镰歌挂满墙。

2018年8月20日

卷三　词

念奴娇·端午

风轻云淡，正端午，桃艾悬楣千户。浸得新丝，缠角粽，玉黍溢香飘雾。又念三闾，《离骚》悲唱，誓不甘同度。《怀沙》一曲，汨罗涛卷千素。　　朝暮云雨流年，仍呼声荡岸，龙舟争渡。古韵依稀，萦九曲，恰似江神倾诉。铮骨天涯，举觞遥祭，且把英魂驻。凭高瞻远，缅怀借寄歌赋。

2010年6月5日

浪淘沙·大龙湾览胜

碧水远连天，一望无边。云飞叠嶂渺如烟。三两游帆湖上过，浪去波还。　　紫燕正翩翩，雾散风闲。幽亭清阁隐层峦。放胆登高生感叹，好个龙湾。

2010年7月10日

如梦令·过响水河

九曲山间溪径，叶密林深斜影。俯首看游鳞，倒映一株青杏。仙境，仙境，谁把丹青相赠？

2010年7月11日

浣溪沙·贺姚俊卿书法艺术馆开馆

晨洒甘霖近午晴，霞光四射沐新城。典仪开幕势恢宏。　　艺术欣然逢盛世，群贤毕至贺公卿。欢歌笑语共倾觥。

2010年7月18日

纪辽东·贺长白山文化研究会成立十周年

十载春光十载明，一路伴风行。补荒证史修遗韵，深含豆谷情。　　缘结三江脉远清，大阵荡歌声。欣然又步康庄道，繁花布锦程。

2010年7月19日

卜算子·夜宿玛珥湖山庄

夜幕乍临空，山隐平湖静。已是阑珊火烛时，玛珥华光映。　　美酒醉群贤，助我诗情迸。忘却更深侃正酣，隔壁敲声赠。

2010年7月20日

满江红·军魂颂

倒海排山，军歌起、豪情激烈。旌旗壮、长空劲舞，殷红似血。威武雄师霜剑冷，炎黄儿女初心热。献青春、赤胆戍荒陲，迎风雪。　　蓝图秀，听凯捷。成大业，看雄杰。养严风正气、志坚如铁。天职踏巡疆塞土，建功许伴边关月。誓横枪，捍卫好河山，凶倭灭！

2010年8月1日

一剪梅引·贺张福有制《一剪梅引》谱

白山松水溯源长，制谱修篇拓大荒。不似流觞，胜似流觞。一瀑琼浆能醉客，七湾仙境不思乡。景入诗囊，情入诗囊。　　梅花直引满庭芳，冷艳盈枝梳淡妆。独放馨香，群芳放馨香。叠韵声声吟丽句，新词首首赋瑶章。诗阵琳琅，文苑琳琅。

2010年8月3日

南歌子·贺沈鹏八十华诞

万里苍山远，千湖碧水清。东西南北贺椿龄，涌起吟涛澎湃向公倾。　　笔健龙蛇舞，诗骄岁月成。修来德艺世双惊，每忆华年无悔乐曾经。

2010年8月5日

满江红·记庚寅秋口前抗洪

肆水横流，浊浪吼、疯狂奔泻。所到处、屋舍塌倒，路桥断裂。满目疮痍不忍睹，万般惨景心流血。灾情急、砥柱顶千钧，速择抉。 洪施虐，悲声咽；捐大爱，同心结。看三军将士，堰围拦截。众志成城齐奋战，感人事迹新书写。待重新、建设好家园，欢声悦。

2010年8月30日

虞美人·冰城会诸诗友

关东一脉松江水，两岸风光美。倾心网友下荧屏，雅聚麒麟初醉见浓情。 阮郎虞美如芳草，胜似三春好。丁香君子日方长，共约湖波山韵品流觞。

2010年9月26日

江城梅花引·画梅

指间烟墨点成梅，案头开，似香来。性本天然，栩栩落宣台。铁干疏枝红蕾绽，容儿素，影儿键，赏者谁？ 连日闲遣布新蕊，寄怡情，在心里。巧布纹绮，慢皴笔，思绪长飞。骨傲根深，任絮透征衣。春讯传来冰欲滴，寒枝俏，唤东风，塞上吹。

2010年10月7日

忆秦娥·送陈谟开去南方

秋如洗，霜枝叶落寒风起。寒风起，衣襟浸透，直潜心底。曾经雅聚何欢喜，今宵酒冷人孤倚。　　人孤倚，闲章零乱，残思难理。

2010年10月9日

临江仙·秋日赏菊

尽染层峦呈五彩，碧天醉挂流霞。疏枝瘦影绽新葩。露浓生冷艳，风劲弄轻纱。　　最是重阳晴日好，东篱难锁芳华。霜姿老更向秋涯。虽枯香不落，捻句煮清茶。

2010年10月11日

南歌子·贺冰城诗友重阳雅聚

露染枫犹赤，霜侵菊更黄。重阳雅聚话流觞，唯我挟云穿雾向天翔。　　目眺凭南邑，思飞落北乡。先翁旧韵吐新芳，似见群贤醇酎抖诗囊。

2010年10月17日

临江仙·诗友雅聚春城名人饭店

月下平湖澄若镜，桥头霓彩高悬。名楼老友话从前。雄风仍未减，往事已经年。　　难得今宵分玉露，皆因诗阵吟缘。春风约好绿千川。激情燃碧野，醉唱杏花天。

2010年10月20日

临江仙·伊通七星山三首

一、大孤山石

福地龙盘星七座，闲登首选孤山。苍颜瘦骨不虚传。参差玄武石，柱状列奇观。　　地火欲喷凝险峻，沧桑阅尽千年。凌风冷峭耸云端。神工雕巨塑，利刃向青天。

二、东尖山

梦里东尖神影幻，游来倍感怡然。脚登碎石手相攀。柞枝横险路，平仄步艰难。　　万木萧萧秋色晚，罡风透骨生寒。拨开霜叶夕阳残。畅怀吟绝顶，百里望平川。

三、西尖山

一任风裁雨剪，管他雪冷冰残。擎天拔地剑光寒。巍峨生险势，高耸越千年。　　寂寞苍凉静守，雄奇铁骨铮岩然。东方魔塔默无言。红尘多少事，眼底过云烟。

2010年11月9日

【题解】

七星山，分布在吉林省四平市伊通满族自治县境内中部，大孤山为七星之首。此外，还有小孤山、北尖山、莫里青山、马鞍山、西尖山、东尖山。大孤山是伊通火山群中最大的一座火山，满语名为阿勒坦额墨勒，意为金色的马鞍。此山中部凹陷，东南西三面陡峭险峻，北部斜坡低降。山上有四座高峰，远远望去巍峨耸立，石林参差，云雾缭绕，姿态各异。

临江仙·读李枝葱、张福有《松漠吟草》

浴雪红梅争艳，临风铁干摇寒。清芬洒遍万山间。养根真本色，雕朽见奇观。　　虞美人敲奇语，浪淘沙滤佳篇。风流数尽荡云天。铿锵生塞上，唱彻大江边。

2010年12月27日

相见欢·参加吉林诗词学会团拜会抒怀

迎新团拜重逢，酒香浓。一醉两年圆梦向黄钟。　　关东秀，人依旧，看霞红。雅苑群贤吟雪唤春风。

2012年1月1日

【题解】

吉林省诗词学会团拜会于2011年12月31日晚在省宾馆举行。会上，张岳琦会长、张福有副会长、吴文昌副会长都做了回顾性的讲话。张岳琦会长还戏言：“今晚一醉，醉两年。”

卜算子·咏松花砚三首

一、松江月夜砚

千载历风霜，几度沧桑尽。抖落尘埃本色真，纣绿温生润。　　山远月朦胧，雪柳临风近。但见渔蓑独往来，又钓寒江韵。

二、松山古韵砚

淘得大山魂，融入冰川血。质腻声清款款珍，佳品堪稀绝。　　池浅纳乾坤，香墨研星月。古韵烟波缓缓来，胜似阳春雪。

三、竹简砚

幽谷涧溪寒，雪暗云深处。淘尽山风壮玉魂，绿带黄裙素。　　简砚美中奇，篆籀铭文驻。谁把冰肌妙剪裁？墨海弥香雾。

2011年1月14日

喝火令·初春喜雪

素蝶争飞舞，银装披远岑。凇烟浓染透琼林。梦幻俏葩仙境，熠熠唤童心。　　月映寒光起，阳升暖气临。百川生瑞蕴甘霖。似见冰开，似见小溪吟。似见柳丝摇曳，纤指理芳荫。

2012年1月28日

西江月·春城诗友迎春团拜有记

问讯人生几度，如烟往事经年。辞寅迎卯话团圆，笑语欢声一片。　　美酒良宵兴会，群贤唱和空前。同裁锦绣向明天，醉看云霞绚烂。

2011年2月26日

南歌子·读蒋力华《青山依旧在》

古韵听幽雅，新词敛物华。参差错落竞奇葩，但寄佳山名胜笔生花。　　心远清如水，情臻灿若霞。流觞唱罢再分茶，险后增祥添福乐无涯。

2011年3月16日

虞美人·山乡春色

嫩黄新柳摇春早，河畔青青草。一湾碧水唱轻风，环望山乡水墨画图中。　　绵绵细雨飘如线，乍见桃花绽。暖流荡漾漫前川，驭犊村农脆响甩长鞭。

2011年4月3日

南歌子·贺段成桂京华书法展

腕底长公韵，毫端玄宰功。云龙气象贯如虹。妙墨溢芳增色润关东。　　石砚磨人老，青檀演会通。融今化古独彪雄。但醉殿堂丹桂竞香浓。

2011年4月8日

【注释】

①明代书法家张瑞图，字长公。董其昌，字玄宰。段公行草颇得张、董神韵。

②唐代书法理论家孙过庭《书谱》中有:"通会之际，人书俱老"句。青檀，属榆科。檀皮为宣纸主要原料。

行香子·游天山天池

绵亘西横，拔地天惊。竦巍峨、雪域峥嵘。悬空峭壁，谷裂溪倾。叹圣峰奇，灵峰秀，主峰宏。　　万丈层峦，雾散云腾。跃瑶台、草绿林青。松杉环抱，碧水澄清。恰人如潮，池如镜，瀑如筝。

2011年4月10日

【题解】

天山天池，位于新疆维吾尔自治区阜康县境内。是以高山湖泊为中心的自然风景区。天山博格达峰海拔5445米，有主峰、灵峰、圣峰并立，终年积雪，冰川绵延。天池在天山北坡三工河上游，湖面海拔1900多米。湖畔森林茂密，绿草如茵。随着海拔高度不同可分为冰川积雪带、高山亚高山带、山地针叶林带和低山带。天山天池风景区，包括天池上下4个完整的山地垂直自然景观带，总面积380.69平方公里。天池湖面呈半月形，长3400米，最宽处约1500米，面积4.9平方公里，最深处约105米。湖水清澈，晶莹如玉。四周群山环抱，野花似锦，有“天山明珠”的盛誉。挺拔、苍翠的云杉、塔松，漫山遍岭，遮天蔽日。

西江月·谒吴大澂塑像

虎啸龙吟威震，凛然气贯长虹。凭栏长望忆吴公，仰止国人称颂。　　仗剑倾心沥胆，唇枪据理夷雄。立牌划界建奇功，史册名垂位重。

2011年4月18日

【题解】

吴大澂（1835－1902），初名大淳，字止敬，又字清卿，号恒轩，晚年又号愙斋，江苏吴县（今苏州市）人。1885年6月8日，吴大澂会同珲春副都统依克唐阿重勘东部边界。经吴大澂、依克唐阿与沙俄据理力争，终于达成协议。于1886年10月12日正式签订《中俄珲春东界约》及《中俄查勘两国交界道路记》。含补立“土”字牌，收回黑顶子，争得图们口岸通航权等，捍卫了祖国的神圣领土。矗立在珲春市区的龙虎石刻及具清代建筑风格的五角碑亭，是珲春人民为纪念爱国大臣吴大澂谈判胜利而建立的。石刻正面篆书阴刻“龙虎”二字，左下竖刻“吴大澂书”。其字体流畅，气势磅礴。

西江月·凉水断桥有思

触目天生血色，惊心风裂云残。硝烟起处断桥悬，留下疮痍一片。　　江水奔流有迹，石墩静示无言。边疆重振步春天，万里霞光正绚。

2011年4月19日

【题解】

凉水断桥，位于延边朝鲜族自治州图们市凉水镇图们江上，距离图们市26公里。凉水断桥与朝鲜稳城郡的稳城断桥本是一座大桥，1936年施工，1937年5月竣工，桥长525米，宽6米，桥墩21个。修桥目的是日本侵略者把在中国掠夺的物资通过朝鲜运回国内。1945年8月13日，东北抗日胜利前夕，日本侵略军不甘心自己的失败，派遣特务将此桥炸毁，桥龄只有8年。站在凉水断桥上，可一睹朝鲜稳城郡城区及朝鲜著名的王在山革命纪念塔的全貌。现在，凉水断桥已成为爱国主义教育的重要基地。

西江月·土字牌咏叹

独伴边关冷月，静观野壑残阳。风吹雨浸首高昂，犹似国门猛将。　　背倚沙峰一土，惯闻鸡犬三疆。任凭更岁绎洪荒，依旧精诚守望。

2011年4月24日

【题解】

土字牌，位于吉林省延边朝鲜族自治州珲春市防川村中俄边界的起点处，是中国与俄罗斯两国界标之一，也是中俄边境线上第一座界碑。土字碑东是俄罗斯的哈桑镇，西是朝鲜的图们江市，南是朝俄铁路大桥。碑高1.44米，宽0.5米，厚0.22米，为花岗岩石碑。它是1886年清政府委派大臣吴大澂与俄谈判而立。在我侧正中刻有“土字牌”三个大字，其左竖刻“光绪十二年四月立”八个字，在俄侧刻有俄文“T”字样，汉语翻译为“土科”。土字牌上字不多，中华民族荣辱兴衰的历史却深深地刻印其中。

浣溪沙·答张明艳

字海茫茫独惜缘，心如兰若寄高山。羡君才敏笔超然。　　绿蚁再斟人已远，红袍慢品语难喧。挥毫待向大江边。

2011年7月15日

【题解】

日前，哈尔滨诗友王卓平、姜立凭、张明艳来吉林采风，途径长春，吴文昌同志约饮。席间张明艳索拙作“惜缘”并赋《得沈鹏云老师〈惜缘〉书法有赠》：“悟得浮生说惜缘，沧浪飞白势如山。筋书傲逸得天然。醉笔深藏情灼灼，倚风懒听世喧喧。归心依旧碧云边。”

虞美人·游长春牡丹园

春城丽日晴光好，柳绿茵茵草。满园富贵沐东风，韧骨仙姿摇曳吐嫣红。　　多情君子争相看，魏紫姚黄灿。雍容华态抖清芳，倾国倾城无愧百花王。

2011年8月25日

卜算子·咏菊三首

一、惜菊

篱下几蛩鸣，露浸清芬处。残叶初飞阵阵凉，一任西风度。　　冷艳漫幽庭，寒影香枝素。但见黄花对夕阳，可把秋光驻?

二、赏菊

淡淡暗香流，款款盈枝杪。屈指纤腰影正娇，引蝶来蜂扰。　　性本爱金风，怒放凌霜好。百态千姿映日摇，笑对秋光老。

三、听菊

雁唳送秋音，一夜萧疏冷。露染风侵骨透香，难锁清幽影。　　舒卷弄轻柔，瘦劲斜枝挺。撒落霜魂也有情，代代骚人咏。

2011年10月9日

西江月·退休作息时间表

即兴几行书法，常哼两句京腔。欣然报纸约文章，又赋诗词网上。　　对弈闲敲棋子，健身也爱乒乓，游缰信马伴斜阳，日子天天尽爽。

2011年10月16日

相见欢·相聚关东老味

关东老味新醅，劝三杯。更把浓情相释韵纷飞。　　初冬雨，春如许，不思归。共约桃花溪水暖风吹。

2011年11月18日

【题解】

2011年11月17日，安忠凯在长春关东老味酒楼为王晟贤先生小恙初愈设宴，邀翟志国、邵红霞、沈鹏云作陪。席间，窗外细雨绵绵，室内推杯分韵，其乐融融。余分韵得“吹”字。

南歌子·冬日得见吴文彦

坐看云舒卷，闲吟韵抑扬。漫游网络览风光，笑对流年朝暮对斜阳。　梦逐烟霞远，魂牵岁月长。无穷冬色笼寒江，似见诗人听雪钓华章。

2011年11月24日

浪淘沙·贺国家换热器质检中心落户四平

城本誉英雄，血染旗红。几多故事说从容。又浴春风花遍地，美在关东。　大业势如虹，潜力无穷。百家换热正昌隆。且喜平台今又建，更驾长风。

2011年11月27日

卜算子·贺《四平诗词》开版

廿载演峥嵘，一路风光好。独傲寒霜百里红，春早花开早。　笔底暗香流，雅韵知多少。醉唱辽河映远岑，岁老情难老。

2011年11月29日

纪辽东·读《人民日报》两篇旧体诗词访谈录有感

梅花四弄唱春回，馨香沁雪扉。古韵今风长短调，国粹显葳蕤。　　扬清激浊律频飞，人间正气归。文脉应随时序动，遥路尽霞辉。

2011年12月5日

【题解】

《辛卯贺春联唱》，首联为沈鹏所作，颔联为周笃文所作，颈联为张福有所作，尾联为张岳琦所作。《人民日报》访谈录题目是“这些人很‘守旧’”。这里的“守旧”系坚守阵地之意。

虞美人·贺《辛卯开岁联唱集》出版

群贤贺岁春来早，梅绽花期好。清芬香雪越关山，看取霞光七彩映千川。　　祥音妙语云天外，余韵今犹在。精臻绮卷浸情浓，共向萋萋阆苑醉东风。

2011年12月8日

沁园春·贺延边朝鲜族自治州成立六十周年

塞上明珠，闪耀边陲，美誉八方。看白山莽莽，松涛浩荡；图江滚滚，稻谷飘香。六秩春秋，一朝盛事，霞灿云升七彩光。翩翩舞，有伽倻奏响，阿里歌狂。　　同心大业兴邦，赖无数仁人眷故乡。念先贤足迹，长留遗恨；吾侪手笔，重写辉煌。达海开疆，通途商旅，共建家园向阜康。东风劲，恰日高帆远，又启新航。

2012年3月18日

【题解】

延边朝鲜族自治州，位于吉林省东部的中朝边境。首府为延吉市，辖区面积43474平方公里，人口约217万人，是中国最大的朝鲜族聚集地。自治州东与俄罗斯滨海区接壤，南隔图们江与朝鲜咸镜北道、两江道相望。边境线总长755.2公里，其中，中朝边境线522.5公里，中俄边境线232.7公里。自治州成立六十年来，在党和政府的领导下，各族人民和睦相处，延边的政治、经济、文化等各项事业都取得了长足发展，成为国家的模范民族自治州。

满江红·再贺延边朝鲜族自治州成立六十周年

雄屹关东，烟集美、世人瞩目。仰望处、仙山圣水，云中飞瀑。遍野梨花晴日雪，层林枫叶丹霞麓。越千年、胜地奏新歌，边疆睦。　红绸舞，腰鼓促；霓虹闪，华光束。恰欣逢庆典、尽情欢祝。往昔峥嵘风雨路，今朝改革波涛逐。更同心、建设好家园，春风沐。

2012年3月21日

浣溪沙·记鹿鸣山庄小聚

春染桃红惬意多，风熏摇柳舞婆娑。荷塘背靠鹿鸣坡。　野菜稀珍烹美味，乡醪醇烈醉颜酡。归来一路放酣歌。

2012年4月30日

鹧鸪天·参加九台市检察官文联海棠笔会

欲向边台梦已翔，溪头烟柳泛新黄。盈枝粉白团香雪，映日嫣红舒锦裳。　听雅韵，咏华章，群贤毕至咏流觞。激情汇入醇醪美，盛会良辰唱海棠。

2012年5月10

长相思·观石竹叶剪纸

朝花开，夕花开，秋菊春兰信手来。无香韵满斋。　心无霾，眼无霾，秀水佳山盈一怀。云霞妙剪裁。

2012年5月15日

【题解】

内子石竹叶从小学起，就十分喜欢剪纸，许多习作保存至今，完好无损。自上吉林省老干部大学后，经名师指点，更加得心应手，技艺大增，观之有记。

纪辽东·步张福有韵赞黄河铁牛

劲铸青身屹巨牛，负力镇河牛。圆睁二目能雄视，减灾纳福牛。　浊浪流沙掩铁牛，静卧养神牛。桑田沧海犹昂首，神州射斗牛。

2012年5月22日

相见欢·又见桃花开

春风醉了山冲，暖融融。庭院枝头摇绿正葱茏。　　蜂儿闹，花儿俏，沁香浓。细雨霏霏淋透小桃红。

2012年5月25日

虞美人·公主岭农村新貌二首

一、火炬新村

彩墙碧瓦榴花灿，檐下双飞燕。窗明院净浴清风，日子火红尽在不言中。　　风摇翠柳端阳雨，环岭青禾许。田间男女放歌喉，情洒小康路上竞风流。

二、八家子中心村休闲广场

雕梁红柱幽亭美，缓缓清溪水。高低器械摆成行，压腿伸腰甩臂健身忙。　　广场休闲人夸好，书记谦辞小。村民汇聚话农经，乐在眉梢富庶唱清平。

2012年6月25日

海龙吟·梅河口采风七首

一、贺张福有《海龙吟》成谱

证源豆谷辽东，唱和山头江尾。浪飞梅引，渡龙湾碧水。　　喜闻海韵初弹，再踏河屯故垒。紫霞燃处，看津生大美。

二、题沈家粉坊

土垣旧垒古城，淡月疏星老院。点三更火，正人忙马转。　漏模粗线入锅，晾晒细丝连片。问先贤训，靠勤劳思变。

【题解】

2012年7月，梅河口采风前夕，张福有同志到海龙镇旧址考察，了解那里曾有张家渡口、李家渡口、王家渡口等，诗友纷纷以本姓渡口吟诗。一日，福有说，那里还有个沈家粉坊。于是，凑个热闹。

三、畅游磨盘湖

一泓绿水烟波，环岸青山碧树。浪飞涛溅，看残阳蓑度。　寻芳梦里葫芦，得见枝头白鹭。静观孤岛，恰仙居幽处。

【题解】

磨盘湖，1958年修建的人造湖，坐落在吉林省梅河口市西南五十多公里的群山中。其形状像个葫芦，全长十五公里多，宽处约六公里，最深处达四十米。磨盘湖群山环绕，松绿柏翠，鸟语花香，鱼跃鹿鸣，是天然的旅游胜地。其中，白鹭岛是白鹭栖息的天堂。

四、参观梅河口阜康酒精有限公司

千蒸酝酿精华，万沥提纯满罐。度高浓郁，令行家惊叹。　竞争创造神奇，质量铸成经典。亚洲居首，让香醇飘远。

五、瞻东北局梅河口会议旧址

烽烟史册频翻，决策中枢简陋。奠基功赫，克雄关匪寇。　古城面貌呈新，会址沧桑依旧。继承先志，绘山河锦绣。

【题解】

东北局梅河口会议旧址，位于梅河口市区和平街一座二层小红楼。它始建于1936年，总建筑面积一千六百二十二平方米。中共中央东北局梅河口会议，于1946年3月6日在这里召开。这次会议经毛泽东主席批准，由彭真同志主持。林彪、罗荣桓、张闻天、高岗、伍修权、陈正人、周桓、吕正操、李富春同志等参加了会议。会议的主题是讨论毛主席、中央军委提出的攻打长春和四平的决策。

六、赞梅河口海龙古镇

千年古镇沧桑，名号天章可证。断垣残瓦，见辽金旧影。　　山环四景神怡，水绕三湾心静。望清幽处，似人间仙境。

【题解】

海龙古镇，是一座具有悠久历史的文化古城。清初封禁为盛京皇家鲜围场，清光绪五年（1879年）设总管衙门，下设两翼，左翼朝阳镇，右翼山城镇。光绪六年（1880年）设通判抚民厅。光绪二十七年（1901年）升为海龙府。1949年为城厢区，1956年建海龙镇。

七、颂梅河口兴佳房地产开发集团

诚谋百姓安居，精筑万重广厦。样新型美，绘钢筋图画。　　花园水岸怡然，娱乐健身潇洒。创兴佳业，撰千秋史话。

2012年8月6日

西江月·梅河口采风三首

一、游辉发河景观带

碧水环城帆影，清风柳岸花繁。跨桥斜拉竖琴弹，奏响和谐不断。　　曲径长廊画柱，幽亭小榭雕栏。秧歌舞里扭丰年，一展风姿巨变。

二、观庆云女真摩崖石刻感怀

断壁摩崖垒废，半坡石刻岩残。女真文字记当年，战马萧萧耳畔。　　鼓角辽金烽火，嘶声古堡硝烟。沉钩旧事月光寒，成败由人咏叹。

【题解】

庆云女真摩崖石刻，位于吉林省梅河口市区西南40公里的庆云村，距今已有800多年的历史，是我国辽金战争的佐证。摩崖石刻在距地表22米，半山腰一块凸出的砬石上，砬石从上到下有一道裂缝，将石壁劈成两部分。西侧碑高约2米，宽1米。东侧石壁面南偏东，碑高2.45米，宽1.1米至2.5米不等。右上角刻有汉字“大金太祖破辽军于节山息马立石”，是我国少见的女真石刻之一。

三、赞梅河口市特警军事表演

亮剑劈风挟雨，出拳动地摇山。一身绝技比高难，正义之师尽显。　　列队英姿飒爽，散开气势冲天。军中劲旅敌生寒，百姓欢声称赞。

2012年8月12日

沁园春·五奎山览胜

峻伟奎峰，叠嶂层峦，翠柏苍松。望祥云宝塔，轻霞淡雾；龙泉老刹，紫气禅风。若大莲花，清泠梵界，凤眼西开荡古钟。临仙境，觉身浮世外，凡欲皆空。　　殿雄瓦碧墙红，有菩萨千尊奉正中。那观音滴水，普霖洒露；药师施剂，祛患除痈。朝善虔诚，焚香夙愿，漫漫人生路万重。应何悟？当随缘顺意，但寄苍穹。

2012年8月29日

鹧鸪天·教师节感怀

三尺平台智慧施，倾心传道乐不疲。千般播撒清风韵，万种耕耘雨露诗。　　甘解惑，愿抽丝。人间大爱本无私。春光美景园丁梦，最是芬芳桃李时。

2012年9月9日

念奴娇·壬辰中秋抒怀

高秋佳气，玉轮娇，又是清辉时节。浩瀚星空，寒宫远，亘古由来圆缺。宠兔传说，银蟾故事，伴作笙箫彻。姮娥弄舞，轻弹雅韵殊绝。　　影远浪漫多姿，斑斓秋色重，情思新结。信是人间，应有梦，能不萦怀生悦？神翥心翔，天涯共此，难得今宵惬。醇醪借助，诗人唱醉明月。

2012年9月28日

南乡子·斥日本政府购岛闹剧

海上怒涛狂，军国阴魂起祸殃。政客野田行径恶，豺狼。小丑穿梭演跳梁。　　华夏戍疆长，狗日休将旧事忘。侵略八年曾惨败，螳螂。胆敢嚣张必灭亡。

2012年10月4日

海龙吟·观王云坤题《海龙吟》书名

胸中万丈豪情，腕底千般气象。驾云头雾，贺乾坤正朗。　雄锋尽显风流，淡墨先呈厚望。有龙蛇舞，伴梅津律爽。

2012年10月25日

海龙吟·和张福有《重阳小酌》

时逢霜降落花，兴会重阳吟雪。韵萦兰影，唱诗家高节。三生缘寄流云，四叟情融风物。漫天霞染，绘桑榆岁月。

2012年10月26日

【题解】

2012年10月25日，余与蒋力华一同参加纪念金意庵百年诞辰书画展剪彩。中午，同张福有、翟志国小酌于长春同馨宾馆兰影餐厅。

水调歌头·秋访梨树县霍家店

漫野菽黄透，一派暮秋天。眼前巨幅油画，镰舞米粮川。又见楼排有序，街巷直平伸展，两侧路灯悬。难辨城乡貌，兴旺著先鞭。　霍家店，活样板，谱佳篇。欣逢盛世，免去千载税耕钱。乘此长风快浪，演绎新村魅力，致富路途宽。相聚休闲处，歌舞唱丰年。

2012年10月28日

【题解】

霍家店，地处梨树县城北郊，曾经是典型的农业大村。十年来，霍家店人坚持“以工促农、以工兴村、以工富民”的发展思路，把一个村集体负债累累、人居环境又脏又乱的落后村，建设发展成为一个生活富裕、环境优美、社会和谐的社会主义新农村。

海龙吟·贺临江鸭绿江文化研究会成立

蜿蜒绿水清莹，秀美白山峻赫。瀑生流派，唱沧桑北国。　拂云绝顶惊魂，立壁苍松本色。地灵江锦，话千秋浩责。

2012年10月31日

海龙吟·闻《山海经》“不咸山”得确解欣贺

山雄水阔神奇，破石惊天典证。不咸新考，现由来真境。　云生峰顶泽涵，艮古人文名胜。瀑飞涛远，正长吟使命。

2012年11月3日

【题解】

不咸山即长白山。《山海经》记载：“大荒之中有山，名曰不咸，有肃慎氏之国。”“不咸”，为长白山最早的称谓。古汉语“不”，通大。“咸”为泽。《易》第三十一卦，上兑下艮，山上有泽，“不咸”，即山上大泽。

临江仙·贺鸭绿江文化研讨会闭幕

古道西京弯九曲，听来旧梦犹新。硝烟往事已成尘。渔樵江上过，摇橹演更辰。　　胜境依山临碧水，风流竞数今人。传承文化继英魂。精诚谋福祉，富庶一方民。

2012年11月6日

鹧鸪天·贺梁琴《闲敲棋子落灯花》出版

一缕书香淡若茶，情牵苦旅寄芳华。松涛煮雪临幽境，峡谷浮烟探险涯。　　闲敲子，落灯花，宵深窗影月西斜。流年碎影陶人醉，兰气当风映彩霞。

2012年12月1日

虞美人·壬辰冬日赏雪

云低山隐苍茫处，弥漫乡关路。篱疏院僻晚风凄，麻雀声声呼唤向寒枝。　　冬长雪卧无边静，万象银光映。尘埃化尽雾凇浓，独步小桥观景赖从容。

2012年12月5日

鹧鸪天·再赏评剧《花为媒》

竹马青梅罗帕香，多才闺阁报花腔。一张巧嘴牵红线，两对新人入洞房。　鱼戏水，凤求凰，感天动地梦牵肠。姻缘故事成经典，留与千年佳话长。

2013年1月25日

【题解】

20世纪80年代，余曾在长春评剧院观看过《花为媒》。2013年1月23日，翟志国同志来电，言张福有约友在关东剧院同赏传统评剧《花为媒》，余欣然赴约。主演为贾玉兰，一字一腔，一招一式颇见功底，不时博得观众喝彩。

虞美人·贺邵红霞《滴翠集》出版

寒烟滴翠晨光好，杨柳摇风早。吟成一卷七年功，细数家珍尽在锦囊中。　语常奇得出良境①，妙韵红霞映。心香缕缕吐清芬，有梦怡然芳草绿如茵。

2013年3月19日

【注释】

①清代文学理论家和语言学家刘熙载在《艺概》中说道："常语易，奇语难，此诗之初关也；奇语易，常语难，此诗之重关也。用常得奇，此境良非易到。"

沁园春·赏二胡独奏曲《赛马》

万里春光，缓缓流云，塞上草青。看令旗如号，闸开涛泻；飞蹄似箭，地动天惊。策马夺羊，挥鞭争锦，彪悍长驱技艺精。骄阳下，正齐鸣鼓乐，助阵催征。　　敖包五彩摇旌，那达慕、英雄绶带横。赞雕鞍玉骥，披缨列阵；香茶美酒，笑语欢声。颤指悠扬，抖弓激越，跌宕生姿唱太平。悠扬曲，绘心中愿景，富庶昌明。

2013年4月10日

【题解】

二胡独奏曲《赛马》是由黄海怀先生于1959年创作的，1964年参加了“上海之春”二胡比赛，引起热烈反响。乐曲主要表现蒙古族人民传统的赛马盛会的激烈场面。气势磅礴，气氛热烈，旋律奔放，深受广大人民群众喜爱。音乐在群马的嘶鸣声中展开，旋律粗犷奔放。清脆而富有弹性的跳弓，强弱分明的颤音，描绘了蒙古族牧民欢庆赛马盛况的情形。其中快弓、跳弓技巧的运用，拨弦、颤音技巧的运用，在我们面前展现了一幅生动热烈的赛马场面，听来使人仿佛置身于千军万马在草原上狂奔之中，令人随着跳荡的节奏而心潮起伏。该曲风格别开生面，独树一帜，是一首不朽的二胡名曲。

相见欢·观张福有补释麻线高句丽碑文有感

留痕岁月长烟，漶碑残。麻线沙河埋没度千年。　　岩花译，拓真迹，复原篇。信是石刊青史露苍颜。

2013年4月15日

【题解】

集安麻线高句丽碑，是2012年由农民马绍彬发现。原研究者认为是好太王时所立。经张福有反复研究认为，是好太王之子长寿王所立。张福有编著的《集安麻线高句丽碑》一书，2014年5月，由文物出版社出版。

浪淘沙·贺吉林省委党校长白山分校成立

丽日又东来，雪化冰开，天荒一破筑贤台。大业百年承异态，绛帐雄才。　　追梦再驱霾，更待朋侪，不咸山下栋梁栽。斗转星移思几度，战略情怀。

2013年4月24日

浪淘沙·赠孙维杰

紫气过云天，旭日晴川，鸿文任状正新颁。启用良才诚可贺，担落双肩。　　众望在民间，人格为先，从来智慧克艰难。纵是前方生险峻，不卸征鞍。

2013年4月26日

水调歌头·读王述评等诗友作业随记

挚友暮春聚，水调又重弹。如酥细雨助兴，把盏忆当年。数载采风欢悦，多少枝头粉雪，更有小溪潺。撷得韵囊满，恁个眷流连。　　倾觞咏，殷情愫，杏花天。兰亭又续，神笔潇洒落青檀。岁月长河期许，可贵平生知己，唱和共婵娟。怀旧赋新曲，首首叙诗缘。

2013年5月6日

临江仙·贺敦化市诗词学会第三次代表大会召开

六鼎生辉新绿，清祠紫气盈。红长旌舞处见情浓。曾经吟雨雪①，几度颂春风。　　大德川流悠远，名城骄绩飞鸿。诸多美誉落囊中。佳音今又起，唱彻在敖东。

2013年5月13日

【注释】

①雨雪：即林伯渠诗句。《游鄂多里》：“故老争传鄂多里，登临却趁大寒时。西来峻岭连天白，北走长江入海迟。十里炊烟控朔漠，三边狗盗越雷池。和戎尽有诸公策，满眼狐乌雨雪诗。”

浪淘沙·谒敦化金鼎大佛

金碧远流光，举指淋祥。霞环六鼎润麻桑。贯看人间些许事，普度无量。　　扬善解愁肠，慰藉千殇。和谐大德惠年长。正觉佑安呈福厚，域泰民康。

2013年5月18日

【题解】

敦化金鼎大佛，位于敦化市六顶山风景区。大佛高48米，坐北朝南，背倚牡丹江，前拥正觉寺，远望长白山，与香港天坛大佛遥相对应，分处神州南北，共佑中华大地。

水调歌头·读高丰清《桑柘集》感赋

龙首清风浩，皎月挂高穹。悠然一曲桑柘，碧浪起河东。放眼山川咏叹，走笔云烟聚散，相伴晚霞红。笑说大江去，敢比老樵翁。　　性真耿，词恁俏，韵何浓。纵横塞上，犹见天马自行空。调侃炎凉世态，讥讽贪官地赖，仗剑指颓风。把盏抒胸臆，慷慨唱豪雄。

2013年5月25日

水调歌头·建党九十二周年感怀

辟地惊天举，破浪启红船。直驱迷雾，远涉艰险过雄关。号角旌旗雷动，唤醒工农大众，星火正燎原。炮响黄洋界，歌荡六盘山。　　逢盛世，开新宇，状新颁。长征接力，励精图治更无前。镰斧金光指路，民主和谐富庶，曙色笼千川。携手同圆梦，浩气满人间。

2013年7月1日

浪淘沙·贺《长白山诗社》成立三十周年

大美不咸山，霞映云缠。飞流百丈吐寒烟。一脉三江涵久远，史话千年。　　卅载舞旌妍，雅韵空前。风骚独领涌狂澜。把盏中秋圆好梦，皎月高悬。

2013年7月18日

玉甸凉·通榆墨宝园游记

硕大方章，巧镶塞上。似珍珠，尽琳琅，由人共飨。骚客初临心震撼，翰墨留香荡漾。碑石生花，真行篆隶，尤见龙旋凤降。眼底芳华，伴斜阳，异彩奇光竞放。　　北国兰亭，风流雅唱。集古今，众名贤，皆为巨匠。更有状元墙荟萃，乡里后生榜样。耽赏忘归，神驰心醉，不尽依依蓬阆。看我中华，展长宣，椽笔正书梦想。

2013年8月11日

疏影·登揽海阁远眺

高台独傲，瞭苍茫碧野，云烟缥缈。白鹤翔空，水上游凫，纵览东西湖小。风吹芦荡扬波远，任参差、秋光大好。惬意时、人倚栏杆，别是销魂无扰。　　樵影轻舟逐浪，看鱼肥水阔，正映斜照。昔日希文，记岳阳楼，后乐先忧怀抱。千年往事当醒省，揽海阁、我今登眺。壮雄心、徒手擒雕，能不仰天长啸？

2013年8月14日

苏幕遮·赞蒙古黄榆

演沧桑，居僻处。瘠壤虬根，瘠壤虬根驻。甘守边贫无怨诉。多少春秋，多少春秋度。　　耐严寒，迎酷暑。瘦骨坚鳞，瘦骨坚鳞护。阜荫一方生雨露。绿染沙丘，绿染沙丘固。

2013年8月23日

相见欢·塞上金雕

飞身一展姿雄，傲苍穹，志在云端张翼塞生风。　　尖爪猛，圆眸炯，梦何浓？直取狡狐神勇智无穷。

2013年8月22日

水调歌头·秋游向海湖

塞外日晴好，气爽入新秋。八方骚客风采，摇臂唤飞鸥。舸载欢声四溅，情洒平湖眷恋，歌赋碧波头。沁得心灵净，荡却许多忧。　　云天鹤，芦滩鹳，试啼喉。初闻别韵，凭水纵意醉清幽。抢眼娉婷素影，潋滟寒烟妙景，好梦实难收。踏浪蓬莱境，谁个不思留？

2013年8月25日

虞美人·两只黑天鹅

清波慢摆平湖上，自是悠闲状。青衫红嘴颈儿长，体态丰盈情侣伴斜阳。　　基因获得分泾渭，异色缘同类。谁言墨羽逊银翎？赫立山禽抢眼亦明星。

2013年8月28日

阮郎归·仙鹤岛观鹤放飞

芦花鹤岛沐秋阳，群仙寂寞尝。朝思暮盼欲天翔，那堪绮梦香。　　今展翅，引高吭，凌霄喜若狂。乘风几许好时光，云头是故乡。

2013年8月30日

卜算子·观《通榆县义务教育均衡发展纪实》

大计百年长，教育尤为重。伟业从来智力擎，有待龙和凤。　　强弱校均衡，城镇相联动。谱写忧欢一段歌，圆了求知梦。

2013年8月31日

减字木兰花·拜谒香海寺

紫烟香海，古刹沧桑多少载。雨顺风调，菩萨慈光普舜尧。　　晨钟暮鼓，静悟梵音曾几度。寡欲虔身，修得禅宗品始臻。

2013年9月3日

长相思·赏通榆年画三首

一、姜贵恒《剪窗花》

俏村丫，巧村丫。信手拈来一片霞，裁成五彩纱。　　心无瑕，眼无瑕。胸有山乡窗有花，春风送万家。

二、刘佩珩《长白珍宝》

参娃娃，鹿娃娃。峡谷清幽藏险涯，深山是老家。　　茎生花，头生花。除患安康乐有加，关东聚紫霞。

三、安学贵《年三十》

暖洋洋，喜洋洋。剪纸飞花明亮窗，春联话吉祥。　　酒飘香，饺飘香。欢乐全家福满堂，丰年滋味尝。

2013年9月14日

相见欢·赏通榆年画二首

一、李春萍《春满人间》

阳光雨露春天，满人间。但见园丁辛苦洒清涓。　　桃花赤，李花白，蝶儿缠。更待秋来红果涨枝繁。

二、陆贵友《夜战之前》

铁战会战当年，在荒原，刷洗加油修整备三番。　　月光照，机声啸，垄深翻。草甸垦出千顷米粮川。

2013年9月15日

清平乐·冬日与冰城诗友小酌

冰城俏丽，风雪何曾避。紧握惊呼温暖至，不减当年情意。　　仰韶老酒缠绵，倾心吉语涓涓。更待莺啼柳浪，放飞思绪春天。

2013年11月15日

南歌子·江源景物二首

一、赏《荡平岭碑》有记①

障塞苍崖险，霜枫老岭红。开盘十八道疏通，纵览荡平图治固边戎。　　石刻雕龙美，碑文楷字工。皇清轶事载其中，一段浩歌传颂赞张公。

【注释】

①张公：系张凤台。1908年任长白首任知府，在任一年零七个月，以筹边十策，捍卫了边疆稳定，组织踏查了长白山地理风貌。在长白离任时，百姓夹道相送，为其立碑留念。

二、咏寒武　陶地质遗址

借得东荒韵，欣然石页翻。沧桑历尽见陈颜，片状奥陶多彩扮人间。　　亘古情牵地，时空跨越天。谁操神笔绘奇观，六亿年来怀梦枕江边。

2013年11月23日

【题解】

寒武奥陶地质遗址，位于吉林省白山市江源县大阳岔镇，是现今保存完好的古生代地层剖面遗址。

相见欢·大雪后一日春城冰城诗友共酌

雪花漫舞迎宾，俏佳人。百里探师相聚品香醇。　　杯频举，送祥语，见情真。再约莺啼婀柳踏芳春。

2013年12月10日

蝶恋花·贺嫦娥三号探月成功

一箭腾空冲破雾，昼夜兼程，直向虹湾处。举酒吴刚邀客驻，寒宫足迹闲庭步。　　遥看九霄丹桂树，玉兔嫦娥，对镜频相顾。追梦蓝图寰宇布，畅通星际云间路。

2013年12月17日

卜算子·送陈谟开主任去福建过春节

又是一年冬，又是千山雪。煮沸三鲜慢送行，把酒伤离别。　　约好燕衔春，约好桃花节。对弈扶琴品茗香，再赏中秋月。

2014年1月12日

苏幕遮·岁杪感怀

雾凇天，银色岸。玉蕊琼枝，玉蕊琼枝颤。雪柳余晖依缱绻。逝水光阴，逝水光阴转。　对流年，闲把盏。忆昔风华，忆昔风华眷。平仄敲来仍浪漫。只有容颜，只有容颜变。

2014年1月19日

调笑令·甲午新春六首

一、腊月二十三

残腊，残腊，雪里玩童嬉踏。麻糖祭灶小年，好事天宫进言。言进，言进，新岁风调雨顺。

二、大年三十

团聚，团聚，亲人冷暖相叙。对联福字窗花，美酒佳肴好茶。茶好，茶好，共祝阳春来早。

三、春节联欢晚会

春晚，春晚，大众精神年膳。多姿绚丽婆娑，小品相声唱歌。歌唱，歌唱，盛世太平气象。

四、大年初一

晨起，晨起，有鹊登枝报喜。乡邻恭贺安康，微信天涯短长。长短，长短，寄语祥音不断。

五、初五恰逢立春

杨柳，杨柳，已是春姑招手。冰开堤岸萌茵，追梦山乡绿新。新绿，新绿，雪退和风沐浴。

六、上元之夜

欢度，欢度，携侣长街频顾。万花绽向夜空，雪舞千灯火红。红火，红火，早有诗人唱和。

2014年2月5日

满江红·甲午海战一百二十年祭

烟远云低，凭栏眺，惊涛堆雪。犹重睹，沉沙折戟，英魂喋血。割地赔银朝野耻，偃旗没舰征臣咽。百廿年，每忆国兴衰，铭心切。　扩军备，倭行劣；昔时痛，何曾灭？看雄狮已醒，凛然威慑。钓岛明珠方寸土，中华图版千秋锲。剑出鞘，捍万里山河，坚如铁。

2014年2月15日

浣溪沙·写在《秋实集》首发之际

一抹云霞挂碧空，层峦远眺梦千重。心歌飞向大江东。　春许妖娆花弄艳，秋因浪漫果摇红。斜阳醉了老诗翁。

【题解】

2014年3月9日上午十时许，吉林广播电视大学为《秋实集》举行首发座谈会。吉林省诗词学会会长张岳琦，副会长张福有、吴文昌、蒋力华、宋有才，诗友彭志国、邵红霞、黄春华、李景喜、郭凤和应邀参加。吉林省教育厅党组书记兼省高校工委书记孙维杰、吉林广播电视大学副校长吴限、原党委书记王乃成、原图书馆馆长陈明兆到会。会议由张福有主持。张岳琦、吴文昌、蒋力华、孙维杰、宋有才等先后发言。

2014年3月10日

相见欢·仲春夜雨

云浮星睡情牵，恁缠绵，入夜轻丝淋透万山川。　风传信，柳摇韵，鹧鸪天。唤得千般春色好耕田。

2014年3月28日

卜算子·贺公主岭市获中华诗词之乡三周年

四月柳丝青，铃响摇佳讯。几度春光岭上飞，雅苑流芳韵。　美誉贯诗乡，唱和情难尽。但许农家五谷香，公主调风顺。

2014年4月2日

减字木兰花·赴佟家村访农民诗人李彦

诗坛宿将，小院深居藏万象。乡野情怀，韵自锄镰垄上来。　冬图夏景，白雪青纱卿尽咏。春雨秋风，黑土生金日子红。

2014年4月3日

水调歌头·贺张福有十年考古获得三十多项成果

风雨十年度，遍踏界三千。兼程苦旅何惧，忧责担双肩。焕发青春热血，不负峥嵘岁月，百度越关山。策杖云头处，跬步过溪滩。　残碑拓，颓垣鉴，考词源。以诗证史，勘误诠释绽新颜。纵意文津叱咤，妙韵痴狂腕下，卷帙竞空前。仰止不咸事，浩咏慰先贤。

2014年4月12日

卜算子·赴辽源拜会温瑞、丰清诸诗友

河柳慢摇春，山杏团香缈。紫燕归来筑垒忙，塞上耕牛早。　　约客赵家庄[①]，醉唱龙潭好。说赋谈诗弄雅风，最是情难老。

2014年4月14日

【注释】

①赵家庄，系农家酒店，位于聚龙潭水库旁。

卜算子·游东辽聚龙潭水库

荡漾一湖春，盈满三秋月。百纳清涓惠万家，物阜民生悦。　　夏沐凤亭光[①]，冬赏龙潭雪。四季风情入画来，纵目游人惬。

2014年4月15日

【注释】

①凤亭，即吟凤亭，聚龙潭景点之一。

水调歌头·参观伊通满族博物馆感怀

福地七星照，伊水浪花翻。飞檐琉瓦高耸，骁将立门前。肃慎流源悠

久，叶赫风情淳厚，画卷载千年。一部兴衰史，甲胄八旗篇。　建碑碣，修驿站，柳条边。犹观围猎，佩弓策马吠声喧。渔牧农耕相映，塞上雄鹰神圣[1]，岁月染苍颜。今望峥嵘处，彩笔绘新天。

【注释】

①雄鹰：即海东青。海东青是古肃慎的最高图腾，被称为“万鹰之神”。据《柳边记略》记载：“海东青者，鹰品之最贵重者也，纯白为上，白而杂他毛者次之，灰色者又次之。”

2014年4月20日

行香子·赏《高向阳画集》有记

塞上秋光，古树沧桑。听松韵，意趣飞扬。抒怀寄志，笔势雄强。看人生神，琴生雅，剑生凉。　学养积藏，腕底柔刚。农家院，木栅斜阳。胸中浓淡，墨色琳琅。那梅儿疏，竹儿翠，兰儿香。

2014年4月30日

【题解】

高向阳：吉林省著名画家，斋号无厌斋，中国美术家协会会员，中国书法家协会会员，吉林省美术家协会副主席，吉林省书法家协会理事，吉林大学艺术学院美术系教授，硕士研究生导师，国家一级美术师。高向阳先生乃余之多年好友。2013年10月，应邀参加在吉林省博物馆举行的《高向阳画展》，展览期间，有幸见到诸多几年未见的老友，心生喜悦。

水调歌头·吉林省政协成立六十周年感赋

六秩峥嵘史，共济驾红舟。并肩携手驱寇，热血一腔酬。民主监督除弊，议政协商睿智，百业待从头。探索复兴路，正气满神州。　　观沧海，扬帆远，放歌喉。鸿图绘就，肝胆相照运长筹。荟萃人才希冀，大道康庄盛世，重彩写春秋。万众同圆梦，志士竞风流。

2014年5月2日

采桑子·题长白山西坡自然花园照

春光染绿池边梦，白紫新颜，蝶舞蜂喧，晴日馨香漫自然。　　闲云遥挂山腰下，陶醉怡园，做个神仙，远向幽坡别有天。

2014年5月3日

浪淘沙·赴松原市主持文宝轩开业典礼

春满小轩窗，雅韵祥光。披红大匾耀新梁。古砚老瓷融岁月，笑点群芳。　　宁静伴琳琅，趣在书香。江山无限画楼藏。鉴赏交流圆好梦，国粹弘扬。

2014年5月10日

水调歌头·贺翟志国《耐寂轩诗存》付梓

十载积吟厚，一卷引龙骧。关东大地多彩，轩雅赋铿锵。灯影临屏面壁，敲键超然耐寂，巨帙尽琳琅。有梦何言老，豪咏正疏狂。　　白山魂，松江韵，品流觞。琴心剑胆，锋指浊清任柔刚。琢璞作坊几度，瑕玉勤雕碧树，蹊径浸花香。岁月情无限，潇洒对斜阳。

2014年5月15日

相见欢·记张福有考察春捺钵遗址

由来捺钵千年，话辽丹。春水秋山渔猎徙江边。　头鱼飨，酒歌赏，诏频颁。策马雕弓彪悍镇雄关。

2014年5月19日

相见欢·闻张福有考察春捺钵遗址巧遇鲟鳇鱼

鲟鳇巧遇惊眸，问因由。摆尾轻游原是诉离愁。　伤鳞泪，惹人醉，梦难休。别有乡情依旧待从头。

2014年5月19日

【题解】

2014年5月12日，张福有同志从镇赉到大安博物馆、东山头考察辽代遗址、大安酿酒总厂。下午三点多，大安嫩江老北江柴禾垛处，一位渔民捕到一条大鱼，告知鱼行。鱼行将此事告知酷爱研究当地历史文化的大安酿酒厂孔令海同志。经张福有、孔令海辨认，这是一条鲟鳇鱼。十五日晚，这条鲟鳇鱼被运到大安酒厂，作为研究辽代春捺钵的重要文物保护起来。但因大鱼伤势过重救治无效，于5月25日十二时长眠。仅仅存活十二天半的大鱼，现已被做成标本。

一剪梅·纪念纳兰性德诞辰三百六十周年

叶赫东西城尚雄。山系怀中，水绕怀中。身居显贵淡名功。武甚精通，文亦精通。　　隽秀凄清唱绿红。诗自情浓，词更情浓。迄今能有几人同。惊叹高峰，仰止高峰。

2014年5月30日

【题解】

2014年5月27日下午，余陪同养根斋测查叶赫东西两古城遗址。测查中，养根斋搜集记录了大量相关数据。约十六时许，登上叶赫古城西城（夜黑寨）制高点，叶赫河对岸的东城轮廓映入眼帘。遥想当年，深具武功文采纳兰性德曾三次拜谒叶赫古城，心绪难平，遂以记之。

卜算子·贺《胜春诗社》成立十周年

联袂胜春时，杨柳摇青惬。水魄山魂大雅歌，唱和填新阕。　　曾咏杏花天，又赏中秋月。十载风光妙韵飞，一路同心结。

2014年6月5日

【题解】

2014年6月3日，吴文昌同志代胜春诗社社长程均发来短信，邀请有关人士参加胜春诗社成立十周年庆祝活动。6月5日，笔者陪同吴文昌同志前往。活动期间，草就小令一首。

水调歌头·中国共产党成立九十三周年抒怀

岁月依稀远，九秩又三年。南湖红舸初驶，烟雨历程艰。漫道崎岖险阻，外患内忧几度，热血染河山。慷慨悲歌伴，义勇过雄关。　清风劲，新纲举，梦同圆。龙骧凤翥，裁霞织锦续佳篇。除弊政通气朗，富庶康庄路广，愿景壮空前。旭日东方耀，碧海竞千帆。

2014年6月8日

沁园春·好太王碑立碑一千六百年记咏

远眺丸都，五女峰青，鸭绿水环。昔太王仁德，高碑铭记；庶黎乐业，厚泽相传。岁老山城，辰丰豆谷，海内威加祭祖先。知兴替，叙民殷国富，史话千年。　依稀旧事如烟，那方硕苍岩镌隶端。看纵横循道，遒筋傲骨；密疏有致，取简修繁。法迹雄浑，刚锋劲健，历代明贤魂梦牵。留神韵，赞雍容古雅，妙品奇观。

2014年6月22日

【题解】

好太王碑，系高句丽第十九代王广开土境平安好太王陵碑的简称。该碑立于公元414年，至今已有1600年。好太王碑碑高6.39米，宽1.34–2.00米，由完整巨大的砾凝灰岩凿成，碑重37吨，碑身呈方柱型四面刻有碑文，汉字隶书，端庄厚重。好太王，名谈德，是高句丽第十九世王，生于公元374年，薨于412年。在位22年间，经济繁荣，国力强盛。2004年7月1日，第28届世界遗产大会将中华人民共和国吉林省集安市高句丽王陵、王城及贵族墓葬列入世界遗产名录。

水调歌头·东丰走笔

甲午欣逢夏，百里鹿乡行。诗情画意山水，宝地聚高朋。屈指家珍细数，骚客殷情寄赋，纵笔颂清平。历尽沧桑路，古韵放新声。　　关东鼓，秧歌舞，庶黎兴。年丰岁稔，盘点福祉日频增。最是村姑手巧，重彩勾描美好，艺苑共垂青。胜境吟豳雅，彤锦耀征程。

2014年7月10日

一剪梅·参观东丰县神州鹿苑感怀

体态轻盈追彩霞。岭上梅花，溪畔梅花。成群结对向云涯。头角分丫，蹄脚分丫。　　若个精灵数仔娃。娇小堪夸，俊俏堪夸。传奇故事伴皇家。经历铅华，洗尽铅华。

2014年7月11日

水调歌头·拜谒解方将军纪念馆

少壮男儿志，戎马镇边关。围城夺岛功建，文武一身全。抗美援朝帷帐，足智多谋儒将，直捣板门前。军旅生涯路，报国见心丹。　　对明月，思桑梓，夜难眠。解囊慷慨，堂馆依旧系情缘。书信往来多少，牵挂家乡父老，致富脱贫寒。故里新颜靓，梅水绕莲山。

2014年7月12日

【题解】

解方（1908—1984），原名解沛然，又名解如川，吉林省东平（今东丰县小四平镇）人，毕业于日本陆军士官学校，曾任中国人民志愿军参谋长，1955年被授予中国人民解放军少将。他历任中央军委情报部三局局长、三五八旅参谋长、东北民主联军副参谋长、十二兵团参谋长、中国人民志愿军参谋长、军委军训部副部长、军事学院副教育长、高等军事学院教育长、副院长等职，曾当选为党的七大代表和第一届全国人大代表等职务。解方将军纪念馆，位于吉林省东丰县小四平镇，于2012年8月竣工并对外开放，是吉林省继承革命传统，弘扬爱国精神的重要基地。

减字木兰花·赞东丰聚鲜园蔬菜产业种植园

拉河堤岸，百顷大棚连一片。细育精操，五彩鲜椒品相高。　　顶花带刺，果味黄瓜香嫩脆。绿色家园，合作同描致富篇。

2014年7月16日

长相思·赏东丰县农民画六首

一、《回娘家》

俏翠花，巧翠花，嫁到烧锅拴柱家，勤劳邻里夸。　　背虎娃，逗虎娃，一路春风一路霞，归来见老妈。

二、《牧归》

燕儿飞，雀儿飞，溪畔黄牛恋草肥，身边幼犊随。　　沐斜辉，望斜辉，袅袅炊烟唤牧归，趁闲饮两杯。

三、《渍酸菜》

叶儿宽，帮儿宽，过水去污入菜坛，压岩封口圆。　炖可餐，炒可餐，肉白肠红恁个鲜，钟情味道酸。

四、《丰收》

脱黍场，晒黍场，沐浴秋阳收好粮，年丰五谷香。　金满仓，银满仓，富庶人家岁月长，安居乐小康。

五、《正月里》

大灯笼，小灯笼，庭院联花映日红，迎春瑞雪中。　乐融融，喜融融，一队秧歌舞长龙，扇摇贺岁丰。

六、《幸福的晚年》

鳏情牵，寡情牵，书记登门问暖寒，送来米面全。　剂儿圆，饼儿圆，肉馅精皮味道鲜，香飘幸福年。

2014年7月17日

相见欢·扎兰芬围民族文化园五首

一、盛京围场

虬松老岭苍颜，越千年。古驿旌旗摇阵柳条边。　弯弓佩，闻狂吠，鹞鹰旋。胜迹御围骑射过前川。

二、大车店

收鞭驻马松身，酒新温。歇脚打尖通铺唠艰辛。　　壶空底，鼾声起，梦香醇。明日五更长路碾风尘。

三、铁匠铺

风匣煅火新红，铺兴隆。小小砧台敲出斧刀锋。　　锤声响，师徒爽，淬从容。故事久违甘苦趣无穷。

四、关东老屋

柴门土垒茅檐，马车闲。两串辣椒干透挂窗前。　　摇篮吊，锅台灶，罩灯悬。古井辘轳沉睡静依然。

五、聚义厅

深坳聚集称枭，大旗高。虎背威风群首“座山雕”。　　坛斟酒，夺财吼，绿林刀。演义一番豪气化烟消。

2014年7月18日

满庭芳·游江城森林植物园

水榭亭台，红鳞碧浪，画廊曲径通幽。朝阳晨露，林鸟竞相啾。索吊湖桥颤影，人入胜，弄险不休。桃源境，绝尘好景，做个谪仙游。　　回眸，曾几许，单机傲宇①，勇立潮头。更高标手笔，路建涵修。笑慰家乡父老，脱贫困，永合鸿猷②。谁堪比，光环尽数，业绩史长留。

2014年7月19日

【注释】

①单机：系江礼成先生事业起步的第一台推土机。

②永合：系江礼成先生的出生地，东丰县永合乡永和村。

满庭芳·游恩泉山庄生态农业文化产业园

十里青山，松繁柞茂，一湖莲藕争妍。眼前风景，如画美恩泉。曲径凉亭错落，小木屋，童话幽闲。吊桥上，阑珊醉步，摇摆动云天。　情牵，听树杪，鸣啾百鸟，委婉溪缠。看枝头灿烂，红杏新鲜。沐浴清风淡雾，尘心洗，尽在桃源。归来晚，更深不寐，何日许重还。

2014年7月20日

卜算子·东丰县县花县树县歌三首

一、大丽花

春雨润千川，大丽花开早。紫粉橙黄色彩娇，如画东丰好。　大雅且端庄，质朴多姿俏。装点山乡日异新，宝地祥光照。

二、柞栎树

虬柞树根深，叶茂擎屏障。夏绿秋红尽染情，蓄水如泉漾。　巨冠卧蚕娃，小鹿栖身爽。大野葱茏万象生，惠济家园阆。

三、鹿乡美

歌起鹿乡山，歌落画乡水。余韵江南塞北飞，远近闻声醉。　唱得燕儿勤，唱得花儿媚。恰似声声号角催，共创东丰美。

2014年7月21日

鹧鸪天·赏龙头水库大坝诗画长廊

跃上龙头眼界宽，平湖碧水远含烟。清词映坝吟今古，浓彩环廊写绿丹。　　瞻胜地，览奇观。高亭直向紧登攀。天公赐我骋怀境，摘朵云霞做紫笺。

2014年7月23日

西江月·东丰县古代遗址五首

一、小西岗遗址

土掩西岗旧迹，弯曲莲畔陶残。眼前器物早留斑，隐约渔家瓦片。　　幸赏泥瓷艺术，堪夸祖辈遗篇。辽金史话已千年，故地依稀再现。

二、大肚川围场遗址

狩猎围场轶事，弯弓跃马旗扬。飞骑踏雪过山岗，犬吠喧嚣万丈。　　岁蚀虬容故地，日迎老岭霞光。名川依旧演苍茫，史迹心中荡漾。

三、毛家沟遗址

地下深藏遗迹，田间浅见陶痕。铁锅六耳显弥珍，一展当年神韵。 裸石苍颜皴皱，铜钱驳蚀斑鳞。三枚车辖染风尘，故事源流不尽。

四、龙头山遗址

手制夹砂素面，年庚考到青铜。篆籀斑残影朦胧，谁解龙头旧梦。 凿就刀锄石器，烧来罐鼎陶佣。经年岁逝水流东，古老歌谣吟颂。

五、黄泥河遗址

弯橹山前摇渡，高台村外观潮。几多风雨冷潇潇，旧絮如烟缥缈。 白釉瓷坛碎片，黄胎陶罐残窑。曾经梓火尽燃烧，记忆青藤难老。

2014年7月24日

浪淘沙·赞张家文化大院

歌响国旗升，列队聆听。图书室里览农经。科学种田同致富，岁稔仓盈。 彩扇舞娉婷，锣鼓声声。秧歌队里扭清平。劳作之余常对弈，逸致闲情。

2014年7月25日

采桑子·参观杨木林镇永久村贝母基地

双行大垅犁耕巧，粮药为邻，粮药为邻，地上黄金地下银。　　青禾夏日收成好，粒粒如珍，粒粒如珍，致富人家永久村。

2014年7月27日

苏幕遮·览大顶子山风光

夏生风，冬积雪。四季更时，四季更时节。春日霞升秋彩叠。老柞桃楸，老柞桃楸樾。　　舞黄鹂，飞紫蝶。鹿跃狍欢，鹿跃狍欢惬。大顶山高头枕月。怪石嶙峋，怪石嶙峋绝。

2014年7月29日

苏幕遮·参观泰隆酒业灌装车间流水线

浴芳池，瓶净朗。自动流程，自动流程网。先后跟随旋转畅。封盖包装，封盖包装棒。　　品奇香，情荡漾。玉液琼浆，玉液琼浆爽。酿得精华销路广。听取流觞，听取流觞唱。

2014年7月30日

调笑令·东丰县文化经济发展侧记十三首

一、全民健身中心

场馆，场馆，落户西城款款。健儿尽展殊荣，赭红跑道草坪。坪草，坪草，悦目赏心体好。

二、中心校小学生表演

花灿，花灿，朵朵初开烂漫。伴歌起舞翩翩，诗词吟诵少年。年少，年少，一展风姿正俏。

三、观街头大秧歌

锣鼓，锣鼓，列队夕阳歌舞。扭腰颠步狂欢，扇摇五彩景观。观景，观景，灯火万家辉映。

四、横道河镇龙头诗社

龙首，龙首，结社红楼媪叟。乡关沃土渔情，河弯小镇水横。横水，横水，笔下家山秀美。

五、南照山文化产业园

惊诧，惊诧，山水城南如画。资源优势空前，溪流亭榭朗园。园朗，园朗，小鹿呦呦唱响。

六、中国农民画馆

神笔，神笔，墨色生辉蓬荜。风情浓郁众夸，百年历史画佳。佳画，佳画，美誉频传天下。

七、太和甜瓜产业园

瓜好，瓜好，不是王婆夸耀。薄皮大个解馋，欣然入口蜜甜。甜蜜，甜蜜，品味农家殷实。

八、兴达房地产公司

吞吐，吞吐，机搅水泥浇筑。排楼河畔榭桥，西城灯火厦高。高厦，高厦，打造品牌无价。

九、县中医院

医患，医患，天使白衣仁善。三包草药熬汤，除根祛病好方。方好，方好。济世情怀未了。

十、睿康生物科技公司

寻梦，寻梦，保健原为大众。品牌研发样多，神奇药膳放歌。歌放，歌放，愿景睿康无量。

十一、新型玉米水稻栽培技术

增效，增效，科技创新施妙。加宽垄距透光，适中密度沐阳。阳沐，阳沐，喜看金秋玉馥。

十二、万隆商贸公司

诚信，诚信，货实价真为本。无欺童叟热情，公平买卖利盈。盈利，盈利，理念常怀仁义。

十三、那丹伯农畜产业园

优势，优势，位处交通要地。市场集散新筹，膘肥体壮马牛。牛马，牛马，南北商人侃价。

2014年7月31日

卜算子·写在中华诗词纳兰祖地行诗词研讨会

大架一山葱，叶赫秋风爽。盛会诗家咏纳兰，晨亮新词朗。　雅韵任刚柔，荡气萦千丈。每向征途绮梦遥，纵意心声唱。

2014年8月30日

【题解】

2014年8月28日至29日，由中华诗词学会、吉林省诗词学会、中共四平市委、四平市政府共同举办的“全国纳兰性德祖地行诗词研讨会”在叶赫大架山脚下的晨亮会馆召开。中华诗词学会、吉林省诗词学会、中共四平市委、四平市政府、四平市诗词学会的领导同志及各地诗友参加了研讨会。在四平市召开这样高规格的研讨会还属首次，这次研讨会对于大力弘扬中华民族传统文化，彰显名人风采，提升地域的文化品位，展示地域的文化名片，促进文化的大发展、大繁荣，有着重要的现实意义和深远的历史意义。

相见欢·贺我国第一艘水下考古船首次出海考察

巨轮考古波欢，展新颜。海底遗存探测史无前。　目精锐，耳聪慧，解疑团。科技领先强国续新篇。

2014年9月27日

摊破浣溪沙·贺安忠凯《学韵集》出版

展卷闻香学韵佳，芬芳一苑沐清霞。历夏经秋犹灿烂，遍天涯。　每约宾朋同赏月，常拈妙语似飞花。菊酒草庐君酷爱，话桑麻。

2014年9月28日

水调歌头·建国六十五周年礼赞

翠岭红枫艳，十月沐骄阳。层林尽染多彩，百里稻花香。碧水扬波舟竞，动地飞歌欢庆，雅韵荡云祥。惊世宏图展，伟业恰开张。　峥嵘岁，雄风劲，续新章。春秋妙笔，信是巨擘写辉煌。昌盛昭昭华夏，愿景佼佼如画，紫气引龙骧。圆梦复兴路，国运接天长。

2014年10月2日

南歌子·关东诗阵创建十周年有贺

十载艰辛路，三生难忘怀。关东诗阵搭平台，但引朋侪纵笔创新牌。　韵起幽兰境，歌飞大雅斋。风光礼赞巧安排，恭贺芳辰众手绘春来。

2014年10月8日

满江红·参观杨靖宇将军纪念馆有感

松柏环碑，秋阳下，悄然高洁。瞻宏馆，庄严肃穆，时光翻阅。鏖战当年摩岭越，浩歌义勇濛江咽。为驱倭，铁臂筑长城，真豪杰。　　密营内，寒风冽。嚼残絮，吞枯叶。克艰难困苦，世人惊绝。雪白万重横路断，血红千里捐躯烈。谒英雄，洒酒祭忠魂，昭星月。

2014年10月9日

南歌子·贺刘喜成荣任新韵部落首版

缕缕春风好，丝丝柳色青。骚人心雨洒荧屏，纵意放歌酬唱贺公卿。　　雅韵铿锵句，抒怀旖旎声。良才大任壮门庭，喜看千军骁阵踏新程。

2014年10月12日

念奴娇·咏城墙砬子会议遗址

石砬高耸，向云端，纵览山林秋碧。峭壁峥嵘，堪险峻、耀眼霜枫摇赤。飞瀑溪头，群鳞自在，疏影清流急。当年旧事，抗联崎路寻觅！　　注目俯望深崖，有桑槐蔽隐，会场遗迹。一部宣言，军令颁，协力同心歼敌。战地重游，犹生景仰，唤得豪情激。长存浩气，精神火炬不熄。

2014年10月13日

沁园春·过蒿子湖密营

秋染峰峦，五彩龙岗，屹立关东。望群山环抱，林涛浩荡；蒿湖映日，碧浪从容。百里方圆，千重桑海，枫叶轻摇色正红。牵魂处，忆当年鏖战，殉国英雄。　　而今再步遗踪，叹多少豪杰热血浓。想将士精勇，丹心忠烈；粮空弹缺，饮雪餐风。义胆侠肠，丰功傲骨，沃土长眠伴柏松。先驱梦，开惊天伟业，大美无穷。

2014年10月14日

满庭芳·谒曹亚范将军殉国地

古柞新松，秋风峻岭，大碑映日天长。野花盈目，浩气贯遐荒。犹听轻骑嗒嗒，救援急，直向蒙江。当年事，叛徒可恶，利剑斩豺狼。　　沧桑。交战地，将军义勇，血染龙岗。看丹心耿耿，与月同光。驱寇功劳显赫，争相赞，百世流芳。思难尽，清霜红叶，哀默祭忠良。

2014年10月19日

【题解】

1940年2月23日，杨靖宇壮烈牺牲。曹亚范身为抗联第一路军第一方面军指挥，不知杨靖宇已牺牲，于24日下午从临江一带赶往营救。得知杨靖宇牺牲的消息，曹亚范痛不欲生，他用鸣枪的方式，诱敌出城，为杨靖宇复仇，直到天黑也没见“讨伐队”出来才撤走。从那以后，曹亚范便联合其他部队转战于临江、濛江、金川、辉南、柳河、抚松等广大地区，不断袭击敌人，继续在日伪统治的心脏——南满地区顽强地彰显着抗联的存在。1940年4月8日，曹亚范同志不幸牺牲。

水调歌头·走近抗联李子林

胜地闻名久，结伴得登攀。丁家山路重走，陡峭尚依然。环望巅连岩卧，靖宇率军曾过，一片李林繁。知晓已无主，战士代三餐。 个头小，呈红绿，味酸甜。解饥止渴，充实体力斩凶顽。斗志昂扬请命，奋勇挥师必胜，气势荡云天。老干今犹健，青史记千年。

2014年10月19日

采桑子·蒿子湖密营览遗五首

一、青松灶

抗联红石山中蔽，雨过生寒，雪落生寒，理想崇高尽乐观。 巨松空洞依锅灶，吸纳炊烟，疏散炊烟，将士安全用野餐。

二、将军井

龙岗环望秋光美，葵正花黄，菊更花黄，战地当年旧迹藏。 思源静视将军井，树荫清凉，泉水清凉，饮罢冲锋士气昂。

三、碾子坊

残檐断壁观遗迹，石碾繁忙，人马繁忙，橡面磨来作口粮。 跟随司令驱倭寇，难忘时光，鏖战时光，血洒疆场伴岁长。

四、饮马池

泉清饮马深山谷，冒雨生风，踏雪生风，千里纵横快似弓。 观池犹见边关骋，红骏英雄，白骏英雄，瞭阵冲锋立战功。

五、械修所

三间土垒茅棚屋，修理钢枪，锻造钢枪，山地军工分外忙。　铁砧锤打洪炉淬，交响铿锵，节奏铿锵，武器频繁送战场。

2014年10月22日

西江月·抗联英烈二首

一、杨靖宇

领导家乡暴动，武装唤醒工农。青年大志意从戎，纵马驱倭奋勇。　黑水白山松柏，顶天立地英雄。一腔热血洒关东，世代威名赞颂。

二、曹亚范

幼小贫寒家境，青年武略文韬。指挥若定战功骄，将士纷纷叫好。　踏遍关东冰雪，提缰纵马横刀。打援千里斩顽枭，伟烈雄风永浩。

2014年11月15日

卜算子·抗联英烈三首

一、王德泰

大义举盟旗，辗转绥宁烈。额穆强攻忘死生，血洒汤河热。　羊脸墓碑高，祭语怀英杰。作伴黄花遍地开，还有青松月。

二、魏拯民

激战大沙河，伏击寒葱岭。威震关东敌丧魂，抗日军歌咏。　文武得双兼，方略亲商定。似火青春血染红，功绩千秋炳。

三、赵一曼

巾帼女英豪，白马红枪舞。别子抛家上战场，血染龙江土。　信念驻心中，不畏严刑苦。慷慨高歌勇献身，只为开新曙。

2014年11月17日

相见欢·抗联英烈三首

一、李兆麟

寒冬大地风狂，雪茫茫。一曲露营歌响荡三疆。　松江畔，绥滨战，志高昂。士卒身先驱寇美名扬。

二、赵尚志

年青大志藏胸，誓从戎。统帅三军杀敌震关东。　游击战，珠河县，建奇功。滚滚松花江水唱英雄。

三、八女投江

抗联八女精英，正芳龄。巾帼柔情融铁骨铮铮。　投江烈，乌斯浑，世人惊。热血一腔慷慨化歌声。

2014年11月18日

满江红·观南京大屠杀死难者国家公祭日仪式有记

警报低徊，悲歌起、满城凄切。忠魂祭、当年腥雨，曾经惨烈。瘦骨横埋玄武土，残垣斜对钟山月。唳哀鸿，煞气笼寒空，苍生别。三十万，同胞血；扬子泪，秦淮咽。那斑斑罪证，长卷如铁。鸽唤和平中国梦，旌摇鼓角边关雪。驾东风、亮剑克凶顽，看英杰。

2014年12月15日

长相思·贺张岳琦白内障手术成功

左障生，右障生，雾里看花隔几层。胸中愁绪盈。　　山亦清，水亦清，两碍排除见日明。开心无尽情。

2014年12月18日

卜算子·庆祝澳门回归十五周年

妈阁紫霞升，普济苍生暖。盛世濠江韵满天，水阔扬帆远。　　众手育金莲，七子清歌婉。十五年来日月新，两制书经典。

2014年12月20日

苏幕遮·冬至吟雪

寂无声，轻似羽。六瓣婀娜，六瓣婀娜舞。姿态翩翩新梦驻。塞上银装，塞上银装素。　　地消尘，天色暮。画意诗情，画意诗情赋。点点琼花成玉树。只待春光，只待春光顾。

2014年12月22日

水调歌头·纪念毛泽东诞辰一百二十一周年

镰斧开澄宇，大业始为艰。霜戈雪马鏖战，卓绝尚空前。师会井岗旌舞，赤水金沙飞渡，帷幄巧周旋。风雨长征路，史册载奇篇。　　先驱血，红旗染，换新天。峥嵘如许，万丈霞锦映流年。夙愿蓝图任重，接力同圆国梦，侪辈担双肩。旭日升沧海，浪破巨帆悬。

2014年12月26日

卜算子·甲午岁末感怀

柳冻絮纷飞，伴我情缥缈。醉里春风入梦来，开泰三阳早。　　岁杪叹枯荣，坦荡人生好。些许年华故事多，笑对光阴老。

2014年12月27日

采桑子·喜见昙花开放记咏

仙姿倩影披星月，形亦玲珑。神亦玲珑，孤寂清高绮梦浓。　　嫣然一笑娇容现，绽也匆匆。谢也匆匆，美好时光短暂中。

2014年12月28日

长相思·贺东丰县“吉林省中华诗词之乡”正式挂牌

雪花飞，心花飞。大匾盈门映日辉，诗乡春已归。　　茶三杯，酒三杯。斟满豪情越翠微，征程鼓点催。

2014年12月29日

虞美人·贺《白云诗词选》付梓

春华秋实光阴俏，如火丹霞照。白云红雨著新花，醉向南山桃李乐无涯。　　才媛毓秀边台数，绮梦吟旌舞。心倾平仄蓄情澜，酿得人生似酒入佳篇。

2015年1月2日

西江月·欣闻《老来乐》改刊致贺

垂钓池边散客，闲棋数叟幽亭。温泉频涌唱清平，官马深通仙境。　　盘点当年故事，童心依旧纯情。老来乐此度人生，无限夕阳辉映。

2015年1月10日

调笑令·贺中华辞赋高端论坛在京举行三首

一

辞赋，辞赋，六载花飞一路。采风塞外千山，乐忧天下后先。先后，先后，盛世新歌正奏。

二

经典，经典，居上不分早晚。接来地气堪夸，馨香满苑著花。花著，花著，已是春光漫处。

三

遥贺，遥贺，四海名家唱和。京华聚会高朋，云霞织锦日明。明日，明日，雅韵吟成卷帙。

2015年1月18日

临江仙·贺张福有《寻访额赫讷殷》付梓

寻访拔山重涉水，激流滩险关雄。昼行夜记伴星空。倾心圆个梦，伏案到霞红。　　履迹新痕留史上，讷殷文化春风。漫江部落得相逢。云烟收笔底，佳话隐笺中。

2015年1月25日

相见欢·迎春赏雪

琼葩妙韵枝头，尽风流。寂静空灵轻舞漫无休。　　如玉翠，似金贵，润千畴。融入春光情眷待耕牛。

2015年2月17日

浣溪沙·贺丰清兄七旬初度

六曲新歌数历程，古稀初度唱心声。才高八斗累公卿。　　每对红尘调笑料，但邀明月许音清。从来不是省油灯。

2015年2月24日

踏莎行·赴约兴会辽源诸诗友

雪化冰融，风清日耀，东辽河畔春回早。小楼炉火煮龙泉，推杯醉唱流觞调。　　杨柳抽青，松梅渐老，一年最数三阳好。新朋旧友话诗缘，琴心剑气情难了。

2015年3月22日

摊破浣溪沙·戏说邵红霞

纳海心胸体态丰，春风满面泛霞红。富贵花开化平仄，趣浓浓。　　往昔旗袍多紧瘦，如今夹袄少宽松。每对妆台堪一笑，岁匆匆。

2015年5月15日

行香子·长春公园赏郁金香

孟夏旬中，日暖晴空。神怡处，万木葱茏。城西郊外，约蝶邀蜂。正一畦黄，一畦白，一畦红。　　柳岸摇风，水榭雕工。坪生灿，色彩盈瞳。荷兰旧梦，北国新容。看那人儿熙，那心儿醉，那趣儿浓。

2015年5月20日

鹧鸪天·《文化集安》创刊志贺

璀璨明珠鸭水涵，满城故事小江南。丸都古垒烽烟散，龙脉雄碑史话谈。　　莺婉转，燕呢喃。峰头五女笑容恬。新刊借得凌云势，织锦裁霞汇雅坛。

2015年5月26日

浣溪沙·小住英杰温泉小镇

十里寻幽趣味浓，无名花草绿摇红。休闲沐浴碧池中。　调整心情融淡月，超然诗意带清风。今宵有梦与谁同？

2015年6月28日

满庭芳·赏毛家芍药园兼赠毛兴东先生

红浪形幽，绿波影远，婉如油画初成。蝶翩蜂舞，双燕展轻盈。寒地群芳弄谱，新粉黛，紫雾嫣朦。熏风漫，毛家村外，醉了诸宾朋。　菁英，逢雨露，冰姿碧玉，竞放霞泠。那重彩胭脂，更显娉婷。鸢尾娇翎滴翠，妖娆处，馥郁清馨。殷情许，护花使者，灿烂满前程。

2015年6月30日

鹧鸪天·纪念建党九十四周年

九秩风云又四年，征程每忆路途艰。扬帆起步嘉兴浪，烽火初燃岳麓巅。　云漫漫，路弯弯。锤镰指向踏雄关。光阴荏苒山河变，再谱新章圆梦篇。

2015年7月2日

鹧鸪天·翟志国仙逝一周年祭

渐近周期溽暑中，伊河浪打送凄风。情悲昔日犹惊梦，心痛今时似见公。　　怀挚友，念贤翁，常因孤寂望星空。诗存一卷锵锵句，五味人生老酒浓。

2015年7月27日

西江月·赞九三大阅兵

礼炮惊天动地，排兵布阵摇旌。金戈铁甲似雷霆，正义之师必胜。　　盛日长空万里，英姿飒爽前行。三军亮剑踏新程，不辱和平使命。

2015年9月4日

【题解】

2015年9月3日是中国第二个法定“中国人民抗日战争胜利纪念日”。作为纪念中国人民抗日战争暨世界反法西斯战争胜利七十周年纪念活动重要组成部分，阅兵在天安门组织实施。这是新中国历史上第十五次大阅兵，是进入21世纪以来第二次大阅兵，同时也是第一次在非国庆节期间举行的大阅兵。参阅部队从七大军区、海军、空军、第二炮兵、武警部队，解放军四总部直属单位抽组。阅兵装备方队展示的装备为国产现役主战装备。这次阅兵展示了中国军队贯彻强军目标、推进现代化建设的新成就和威武之师、文明之师的良好形象。

西江月·赞九三阅兵抗战老战士方队

浴血八年鏖战，胸前挂满勋章。英雄脸上写沧桑，仍把大刀曲唱。　　方阵长街驶过，凝眸军礼昂扬。承先启后向富强，实现复兴梦想。

2015年9月7日

鹧鸪天·赴东丰县宣读“省诗词之乡”和“省诗教先进单位”决定

大丽逢秋别样红，如云似火绽娇容。龙山柞染斑斓色，鹿苑梅开烂漫丛。　　歌岁稔，话兴隆，欣然梦笔唱东丰。流金巨匾高高挂，画境诗乡韵正浓。

2015年9月17日

鹧鸪天·记黄小甜摘海棠果

手挽金风脚踏岚，满坡翡翠诱人瞻。一帘画卷云中展，半面秋山色里添。　　鲜脆脆，小甜甜，红腮羞涩美容含。珍珠串串玲珑坠，忘返纤腰醉正酣。

2015年9月23日

【题解】

黄小甜，系中华诗词学会副秘书长。2015年9月，由省诗词学会张福有、沈鹏云、温瑞、高丰清同志陪同，对东丰县创建“中华诗词之乡”进行检查验收。

鹧鸪天·乙未中秋留句

五色悄然染翠峦，欣逢九载大冰盘。思乡尽饮菊花酒，入梦狂挥骏马鞭。　　添雅兴，咏诗篇。醉将清韵洒吟坛。劝君莫叹今宵短，但共星空月下婵。

2015年9月28日

水调歌头·建国六十六周年感怀

十月深秋色，五彩伴晴阳。金风吹散残暑，待送雁高翔。昔弹凄清离痛，今奏铿锵义勇，新旧两重光。大野林涛碧，遍地菊花黄。　　展画卷，吟雍雅，溢华芳。秦关蜀道，多少豪杰唱烟江。古老文明礼教，国粹传承法效，训导远流长。仁德熏陶厚，愿景共云祥。

2015年10月1日

采桑子·故乡秋韵

云高暑退丹霞秀，园正秋光。田正秋光，十里乡间沐艳阳。　　金风送稔农家醉，黍也飘香。稻也飘香，岭上飞歌唱小康。

2015年10月8日

鹧鸪天·纪念徐鼐霖诞辰一百五十周年

正值秋光万里澄，边台大雅唱鲲鹏。欣然投笔屯疆梦，立志从戎护国缨。　　轩鹤翥，榜联楹。憩园诗草话心声。传薪桑梓情如火，仰止公卿史有名。

2015年10月19日

【题解】

徐鼐霖（1865—1940），原名立坤，字敬宜，又字敬芹，号憩园，晚号退思。永吉尚礼人，民国八年（1919年）任吉林省长。东北沦陷后，坚持不与伪政权合作，表现了高尚的民族气节。徐鼐霖一生雅好经史，著述颇丰，流传有《憩园诗草》《筹边刍言》《吉林先哲祠题名记》《莅吉宣言》《祭澹堪文》等。他精诗文、善书法，文化艺术成就很高，与宋小濂、成多禄并称“吉林三杰”。在吉林市北山关帝庙正殿东侧翥鹤轩，有他题写的楹联“图画本天成，试观四壁云山万家灯火；楼台从地起，且喜大江东去爽气西来”。

鹧鸪天·读德才兄《履痕诗语》感赋

妙笔如筝信手弹，清音雅韵似流泉。履痕谱就桑榆曲，诗语吟成杞梓篇。　　游史海，踏文山。德才兼备养高贤。风云览处心潮起，伏案孜孜夜不眠。

2015年10月25日

【题解】

陈德才，系中共吉林省委办公厅原副主任、巡视员。网名天碧无垠，曾是关东诗阵版主。著有《人生诗稿》《世路心语》《心潭云影》《行成于思》。《履痕诗语》为吉林文史出版社最新出版的诗集，由蒋力华作序并题写书名。

南歌子·读张岳琦《哲思短札》得句

纵笔风云路，沉思社稷篇。从来高处险犹寒，遇事不惊闲步自翛然。　　短札论今古，箴言贯大千。心胸豁达地天宽，笑对人生歌赋唱流年。

2015年10月29日

西江月·长白山原始萨满部落记咏

深坳犹存老舍，斜支马架横梁。桦皮挡雨又遮阳，仍是当年模样。　　何惧袭来风雪，任凭挂满冰霜。草毡茅被暖洋洋，岁月陈容尽赏。

2015年11月5日

相见欢·咏敦化德林狮虎石

地下久隐其身，望星辰。寂寞德林深处叹光阴。　　石林苑，真容现，势嶙峋。狮卧龙盘峭铸大东魂。

2015年11月6日

沁园春·赞长白山原始森林

昔日康乾，遥拜咸山，封禁大荒。使劲松挺立，云飞瀑泻；苍桦高耸，水曲溪长。红豆参天，美人蔽日，缝隙穿来缕缕光。雷电击，那残桩断木，静卧幽岗。　　圣池阅尽沧桑。问几度，风霜雨雪狂。伴秋冬月冷，枫红雪白；夏春日暖，冠绿芽黄。演绎枯荣，饱经寒暑，弱干千年变栋梁。今须记，是先人护树，后辈乘凉。

2015年11月13日

南歌子·细塔河放歌

细塔河扬碧，幽峡谷落红。且行且唱恋青松，春去秋来寒暑伴霞彤。　　浪奏蜿蜒曲，波敲岁月钟。残阳几度与时同，流淌陈年故事大荒东。

2015年11月15日

浣溪沙·咏长白山历史文化园泰安寺

情愫雕檐雪放怀，佛光暂借惜缘来。俗心收敛洗尘埃。　　古刹梵音真境界，游人香火大禅台。民安域泰紫霞开。

2015年11月18日

水调歌头・咏刘建封踏查长白山

探向大荒奥，履仗不咸山。天池两下详考，绝顶任登攀。十六峰头堪属，八百风光亲睹，今古叹奇观。击节情高处，歌赋寄豪言。　文修道，诗证史，仰先贤。源成流派，凇韵写意柳含烟。问月询星纪咏，股鉴谭余笔秉，美誉世相传。胜境添华锦，阆苑拓新篇。

2015年11月25日

【题解】

刘建封（1866—1952），曾任长白府帮办，安图第一任知县。光绪三十四年（1908）阴历五月二十八日率队从临江束装就道，开始了有史以来第一次对长白山的科学踏查，八月十五返回临江，两下天池，为天池周围十六峰命名，写下《长白山江岗志略——附，东荒谭余》《白山纪咏》等。辛亥革命暴发后，将名字改为刘大同，在安图县建"大同共和国"，被清军打败后，南下与孙中山共同开展二次革命。

南歌子・参加贺延边诗词学会成立二十周年感怀

胜迹烽烟老，仙池雪色新。碑盘龙虎演风尘，自古边陲豪放韵纯真。　银瀑千年影，甘霖万物茵。花飞花落几度春，流派吟成醉了大东人。

2015年11月28日

鹧鸪天·贺吉林省楹联家协会成立十周年

宜入华年锦瑟音，联花墨韵律如金。两行妙语圆成梦，十载春风暖在心。　　频约客，坦胸襟。抒怀笃志炼词箴。祥云瑞气添新爽，不尽铿锵唱古今。

2015年12月2日

江城子·赴正山堂品茶赠王本南经理

正山堂静骏眉鲜。煮清泉，泡悠闲。紫魄砂魂，沏得九重天。兴致情浓谈笑指，香溢盏，润心田。　　武夷百里看婵娟，摘云冠，采寒烟。华夏驰名，南北结奇缘。壶内时光且慢饮，斟雅韵，品流年。

2015年12月6日

小重山·冬日登长白山天池

百转千回驻足高。风光收眼底，画新描。寒装素展任妖娆。雄魂荡，列阵抖银袍。　　朗日挂天骄。空山飞瀑落，浪花飘。释怀灵秀不思劳，幽荒境，大美正相邀。

2015年12月29日

西江月·咏长白山十六峰

一、白云峰

雪雾轻愔壁嶂，云生漫抱峰头。圆虹偶现喜明眸，笑慰凌风钓叟。　　寂守群星望月，静观浩泽吟秋。只因大象美难收，流派开来新胄。

二、芝盘峰

挽手南牵“仙皁”，碧池西侧峰巅。圆形巨顶大如盘，独现繁花草甸。　　野鹿云崖飞越，苍鹰俯首轻旋。灵芝带雪壁林边，高险犹人咏叹。

三、锦屏峰

恰似屏风陡峭，犹如绣锦娉婷。“芝盘”“观日”两峥嵘，势若城垣旧影。　　夜半惊闻巨响，女真查探心惊。冰雹硕大坠崖倾，魂魄归来未定。

四、观日峰

临界“龙门”数里，盈眸拔地高岑。彤云晓日展胸襟，看取波横浪枕。　　春暮时逢夜半，沉浮惊叹红衾。三升三落海齐喑，许是辰楼梦寝。

五、龙门峰

望豁遥相昂首，乘槎但靠河西。清流直泻看云低，好个龙门壮丽。　　天语神碑独傲，惊闻大禹登跻。巡边履迹印山歧，风雪长歌浩气。

六、天豁峰

独秀偏东坐北，豁然凸起双岚。长虹天汉贯奇涵，岩赤云彤似焰。 盘踞二龙极顶，劈开一线凭瞻。神功鬼斧向苍岩，依旧居高纵览。

七、铁壁峰

“铁壁”相邀“华盖”，乌峰招手平湖。长林浓雾隐琼图，仙乐悠然眷顾。 道是先民采药，奇观“福寿”悬“朱”。碧丽云门火如荼，再现龙翔凤翥。

八、华盖峰

五彩云扶华盖，雄姿雪漫苍穹。峰型如帽壮苍容，临界威严高耸。 风雨交加聚散，春冬霞染长空。当年历险叹情钟，史记东荒探梦。

九、紫霞峰

紫雾苍岩聚拢，流云变幻飞霞。寒烟缠绕似蒙纱，绝壁悬崖高挂。 孤隼巅连朝暮，宝珠冠顶无瑕。宛然天半若乘槎，朗月清风夜话。

十、孤隼峰

孤隼云涛绝壁，峰头峭立参差。西南走向势斜攲，独树层巅一帜。 俯首瑶池七里，相依峻影“三奇”。千般隐现惹人思，江源龙脉情系。

十一、三奇峰

比立三峰陡峭，奇石五彩琳琅。瑶池叠影竞生凉，秀色勾留百丈。 无字天书不废，玄机朝暮苍茫。沟深廿四步曾量，布阵挥旌飒爽。

十二、白头峰

隆向风生独峙，白头雪卧乾坤。如形佛顶石嶙峋，独傲东荒险峻。 俯首天池碧镜，芒鞋竹仗云门。丹心玉骨铸忠魂，宣册一枚方印。

十三、冠冕峰

迭嶂重峦冠冕，端严万象云开。当年美景有人裁，撷取银蛇气派。 丹炼冰穴如许，风停雪霁无霾。先人踪迹不须猜，长赐尘寰大爱。

十四、卧虎峰

咫尺云梯卧虎，经年积雪难消。初开晴日尽妖娆，韵共东荒不老。 数里连池歧路，罡风小岗狂飚。清晰兽迹使魂消，独有先贤笑傲。

十五、梯云峰

直架云梯星汉，霞萦玉柱巍峨。忽闻飞瀑泻如歌，牵手源头唱和。 破雾风光天外，经霜漫雪长坡。崖深每探岁蹉跎，何惧山衢坎坷。

十六、玉柱峰

玉柱高擎突兀，彤云缭绕峰巅。寒生险处任登攀，敢向天都挑战。　　祥兆坡西神鹿，霞牵一线甘泉。大荒情注有遗篇，苦旅百年功建。

2016年1月18日

【题解】

清光绪三十四年（1908年），刘建封奉旨勘查长白山。在历时4个月的实地踏查之后，除《长白山三江源流考》等官方报告外，还撰写了《长白山江岗志略》。刘建封是秀才，又是诗人。尽管考察条件十分艰苦，甚至有生命危险，但他面对祖国雄奇的山水，常常情不自禁地吟诗，兴致勃勃地为各山峰命名，并绘有详细的地形图，标注了十六峰的位置。长白山十六峰千姿百态，经过漫长岁月的风雨雕蚀，山峰嶙峋峭奇，姿态各异，环列成一个大圆周，护佑一池碧水。

卜算子·贺东丰县“中华诗词之乡”正式挂牌

雪伴咏梅人，辉映流金匾。鹿苑诗乡动地歌，共唱前程远。　　南岭纵豪情，盈水听吟叹。妙笔怡然意境新，大美东丰县。

2016年1月22日

长相思·为郑综所摄《冰凌花》题照

俏冰凌，魅冰凌，雪底扎根梦也成。鹅黄嫩嫩生。　　瓣晶莹，蕊晶莹，妙韵清魂展玉婷。含香脉脉情。

2016年1月27日

临江仙·乙未岁杪赠蒋力华君

冬去春来常忆旧，羡君大志鸿儒。胸中才气信不孤。白山松水路，宣教火如荼。　苦短人生堪一梦，沧桑影远模糊。闲情雅趣伴诗书。浓枯飞墨韵，唱和也之乎。

2016年1月28日

浪淘沙·闻张福有岁杪再踏长白山

情注不咸山，苦旅经年。圆虹万丈跨时缘。追向大同探险韵，忧责双肩。　高泽接云天，流派承传。鸿儒贤胄续新篇。回首苍茫留足迹，无限欢颜。

2016年1月31日

相见欢·长春诗友迎春雅集

水云高阁春光，酒醇香，斟满一年风景映心窗。　频叙旧，情深厚，和诗章。话说惜缘珍重日方长。

2016年2月1日

浣溪沙·谢忠凯约长春诗友迎春雅聚

雅聚迎春叹岁华，诗人兴会酒当家。欣然唱和浣溪沙。　　苦乐情怀同品味，赤橙意趣共观霞。吟风咏雪大荒涯。

2016年2月2日

浣溪沙·赏张福有《立春感怀》步韵有赠

百八多回走大荒，山高路险步亲量。史留卷帙不寻常。　　荏苒光阴增岁月，放松节奏减繁忙。耆龄陶醉看新阳。

2016年2月4日

减字木兰花·和周笃文贺岁吟

扬鞭抖擞，万马奔来雄势透。大梦东方，瑞雪新图妙韵香。　　南疆海里，浪恶涛凶闻四起。固我金瓯，国有安危不惜头。

2016年2月6日

宴清都·丙申新正初五五友雅聚

正月逢初五。闻稀客，“风景如歌”光顾。主多宾少，自称五福，纳春盈户。尖庄老酒高度，不上头，醇香如露。“老地方”，好个聚处、聊处、饮处、吟处。　　聚处，神采飞扬；聊处，海阔蓝天幕幕。推杯饮处，饮处，恰宴清都吟处。情深曲柔调愫，听“乡恋”，尤思旧故。惜有缘，流派传承，鸿猷长路。

2016年2月14日

【题解】

2016年2月12日（丙申正月初五），诗友于化成抵长（网名风景如歌），安忠凯兄邀张福有、沈鹏云、高志敏在“老地方菜馆”小酌，张福有同志从家中带来“老尖庄”白酒，席间尽兴，约以《宴清都》别格为作业。

一剪梅·悼念张笑天

素挂松枝巨擘凋。月冷萧萧，雪落飘飘。经霜梅老看天骄。每向新标，但领风骚。　　卷帙回翻胜浪高。履迹昭昭，故事滔滔。闻君独步过仙桥。驾鹤云霄，续写琼瑶。

2016年2月28日

【题解】

张笑天，中国著名作家、一级编剧，1939年出生于黑龙江省延寿县，1961年毕业于东北师范大学历史系，1975年进入长春电影制片厂工作，曾任长春电影制片厂副厂长、吉林省文联名誉主席、吉林省作协名誉主席。张笑天从1961年开始发表作品，代表作有小说《雁鸣湖畔》《严峻的历程》《沉沦与觉醒》等。张笑天还是全国知名编剧，为电影《开国大典》《重庆谈判》、电视剧《太平天国》《孙中山》等担任总编剧，在中国电影史上留下了浓重的一页。

水调歌头·贺《九台诗社》成立三十周年

饮马河流碧，飞燕柳条边。春风都付桃李，雅兴会南山。平仄声声智睿，诗友人人陶醉，剑气向云天。九卷留青史，卅载叹华年。　　廉太守，才通判，昔先贤。凤珠宝地，庙香山翠柏含烟。众手文坛给力，百业兴隆展翼，共赋小康篇。物阜民丰稔，歌舞正蹁跹。

2016年3月8日

卜算子·闻彭祖述精雕一百六十方松花砚致贺

碧玉任雕龙，方寸能奔马。铁笔功深意趣长，大象容风雅。　　砚影伴松梅，石韵流冬夏。艺术人生悟道真，经久传佳话。

2016年3月18日

【题解】

彭祖述，1933年出生，中国工艺美术大师。彭先生潜心篆刻、悟道传承，宝刀不老。继《红楼梦》微雕之后，用长白山松花石又雕出一百六十方松花砚精品，所雕内容有《论语》、吴兆骞《长白山赋》、竹、莲、松、鹤、长白山天池等，是长白山文化宝库中的新贵。

卜算子·贺《云笺集萃》诗集出版

倩笔落云笺，妙语撩心动。几许春光任剪裁，但把馨香弄。　　佳句注情浓，风采追唐宋。敛尽芳华五彩飞，一卷生花梦。

2016年4月6日

清平乐·又见海棠红

疏篱幽处，媚眼伊人顾。底事深藏不可诉，佯作轻摇袂舞。　　约来细雨和风，小桥溪水流东。已把相思绾就，腮边初挂嫣红。

2016年4月17日

临江仙·原省教委老友聚会感赋

未举琼杯心已醉，此时百感千般。曾经挚友贵情牵。光阴三十载，难得是投缘。　　霞映桑榆人未老，相逢仍见朱颜。春园雅聚玉樽端。开怀谈往事，把酒忆当年。

2016年5月15日

苏幕遮·沉痛悼念老友安忠凯

噩耗传，星陨落。夏夜犹寒，夏夜犹寒朔。挚友音容依旧昨。老泪新垂，悲荡千重壑。　　疾风凄，追思若。梦驾云头，梦驾云头鹤。从此师生休寂寞。对酒行吟，续唱清平乐。

2016年5月29日

摊破浣溪沙·于四平礼堂赏昆曲《纳兰》

锦瑟朱楼古韵长，新词吟唱伴卢娘。烛夜窗前共清影，两鸳鸯。　冷雨袭来怜骨瘦，残红落去惹神伤。惆怅香魂思几许，断人肠。

2016年6月16日

鹧鸪天·军旅三首

一、长白哨所

小道羊肠掩苇蒿，山腰哨所伴云涛。风狂常袭青松冷，夜幕初临皎月高。　枪在手，志冲霄，心中有梦战旗飘。平时练就神鹰眼，但把边情细扫描。

二、迷彩匍匐拳

月色高高照柳营，操场集合练精兵。忽闻号令疏间距，刹那排班列对成。　拳动地，脚生霆，呼声震落满天星。锁喉别肘堪擒虎，镇守边陲保太平。

三、解放军某部战史馆

宏馆新瞻热血融，硝烟滚滚带尘风。强攻城堡枪林密，惨烈窑场生死同。　军旅劲，战旗红，勋章美誉写丰功。太行千里威名震，一路高歌向大东。

浪淘沙·纪念中国共产党成立九十五周年

指路赖锤镰，九五堪瞻。航船几度过烟岚。重整山河凭伟力，大义肩担。　　号角奏非凡，惩戒贪婪。励精图治业犹酣。万众同圆双百梦，又启风帆。

2016年7月1日

【题解】

两个一百年，是党的十五大提出的一项奋斗目标，和十八大的“中国梦”相辅相成，是我们国家实现富强民主文明和谐美丽的社会主义现代化强国的宏伟蓝图。

西江月·题友人赠籀文石鼓砚

篆籀寒江水魄，打磨石鼓山魂。涛飞浪远境幽深，月下孤舟蓑隐。　　淘浣冰肌众叹，精雕纹理奇珍。圆池每赏梦生津，走笔松烟妙韵。

2016年7月27日

卜算子·清凉山上犬儿吠

日朗夏风轻，水碧岚青俏。但得苍岩陡峭攀，摆尾汪汪叫。　　原是守门神，本管看家了。跃上高端大显身，愿护河山好。

2016年7月29日

清平乐·立秋感怀

如期夜雨，暑尽新凉遇。但把高烧都过滤，舒适周身燥去。　晨光伴鸟鸣啾，风摇红果枝头。一缕幽思往事，香笺写满清秋。

2016年8月8日

临江仙·孙中山诞辰一百五十周年感赋

辛亥大潮摧旧制，当年浩气萦空。联俄联共辅工农。三民新号角，九域荡春风。　肃穆金陵昭日月，征途协力心同。尚余遗志待群鸿。但需遒劲笔，天下写为公。

2016年9月11日

【题解】

孙中山（1866—1925），名文，字载之，号日新，又号逸仙，幼名帝象，化名中山樵，常以中山为名。生于广东省香山县（今中山市）翠亨村的农民家庭。是中国近代民族民主主义革命的开拓者，中国近代伟大的资产阶级革命先行者，中华民国和中国国民党缔造者，三民主义的倡导者，创立《五权宪法》。他首举彻底反封建的旗帜，“起共和而终两千年帝制”。1905年（清光绪三十一年）成立中国同盟会。1911年10月10日（清宣统三年）新军中的革命党人暗中联络，决定当天晚上起义。辛亥革命后被推举为中华民国临时大总统（任期1912年1月1日——1912年4月1日）。1925年3月12日于北京逝世。1929年6月1日，根据其生前遗愿，葬于南京紫金山中山陵。孙中山是中国伟大的民主革命开拓者，在历史上留下了不可磨灭的功勋。

卜算子·江密峰古梨园

虬干话沧桑，轶事传今古。老树新姿总是情，岁岁年轮数。　　千载有遗踪，留下梨花赋。每向枝头咏叹时，云淡秋光驻。

2016年9月12日

阮郎归·龙潭区试种太空种子

巡天遥历绕星河，归来一段歌。大棚撒种盼春禾，今生故事多。　　相缱绻，且婆娑，满园荡绿波。难能“双瑞”试新科，秋来笑脸酡。

2016年9月13日

行香子·江密峰金色稻田

十里清秋，云淡晴阳。轻风荡，耀眼新黄。平川如画，色彩流光。叹畦生金，人生梦，稻生香。　　良田千亩，松水源长。老槐树，岸上沧桑。世代耕耘，春种冬藏。看山乡变，农家乐，向康庄。

2016年9月14日

如梦令·江密峰秋韵

霜冷清秋乍透，乡舍炊烟依旧。　已是雁南迁，又见黄花还瘦。红透，红透，晚照枫峦如绣。

2016年9月15日

清平乐·丙申中秋怀友

蟾辉清弄，风缓流云动。又是中秋谁与共，犹叹人生如梦。　缘何雁去无凭，霜天孤寂兼程。多少离愁别绪，依然日夜牵情。

2016年9月15日

卜算子·贺神舟十一号发射成功

破晓彩虹升，大漠惊雷动。举世凝眸向酒泉，腾跃巡天梦。　展翼绕银河，月满嫦娥共。万里扶摇竞自由，寰宇中华颂。

2016年10月18日

南歌子·赞“纳兰杯”四平市中小学生诗词大会

叶赫晴光好，校园色彩彤。诗情画意饰秋容，备战吟坛骄子似飞鸿。　　两路龙门阵，三人协力同。唐诗宋韵锦囊中，但向长天咏叹任纵横。

2016年10月29日

【题解】

今年以来，四平市教育局、四平市教育学院、四平市诗词学会等单位，为了使中华传统经典文化进学校、进课堂，先后组织了小学组诗词大会、初中组诗词大会、高中组诗词大会。2016年10月6日下午，高中组诗词大会拉开帷幕，大会邀请了省诗词学会有关领导光临大会现场并为获奖者颁奖。

西江月·九台其塔木镇印象

名镇牛头峻岭，松江渔火寒烟。民风古朴效乡贤，沃土康庄路远。　　自古皇粮产地，如今岁稔丰年。清廉太守有遗篇，美誉关东盛赞。

2016年11月28日

【题解】

2016年11月26日，应九台区诗词学会会长刘琦和其塔木镇党委书记巩志强的邀请，省诗词学会吴文昌、沈鹏云、宋有才、黄春华、陈旭、宋轼霖、王长虹前往其塔木镇成多禄文化园采风。其塔木镇乃成多禄的故乡，这里土地肥沃，民风古朴，人才辈出，给诗友留下深刻印象。

西江月·观其塔木镇关云德剪纸馆

巧手传神妙构，钟情刀剪风流。好山好水眼中收，景色云笺生秀。　　心把时空穿越，花能四季盈眸。了无笔墨写春秋。犹见技深功厚。

2016年11月29日

相见欢·恭贺力华兄乔迁之喜

新冬小雪初逢，伴晴空。净月宜居高阁纳春风。　　祥云兆，松烟妙，晚霞红。历尽人生风雨更从容。

2016年12月1日

清平乐·瞻其塔木镇“吉林三杰”铜像

关东翘楚，美誉云霞翥。濡墨修文兼善武，才气国人仰慕。　　三卿铜像园中，纵论今古从容。效法先贤德艺，尊前默化乡风。

2016年12月4日

卜算子·赏其塔木“皇粮碑”

百载面沧桑，白玉双龙刻。醒目“皇粮”大字清，史证农丰硕。　　昔日柳条边，稻浪翻金色。米贡当朝紫禁城，古镇名声赫。

2016年12月5日

【题解】

“皇粮碑”出土于九台区其塔木镇刘家村。石碑高约0.5米，宽约0.7

米，汉白玉材质。碑头上刻着鳞状花纹，碑身有六个镂空的圆孔。二龙戏珠的图案依稀可见，珠子下方，“皇粮”二字赫然入目。

西江月·其塔木伏击战

潜伏土壕月夜，趴冰雪地河湾。焦家岭下布围圈，拂晓冲锋激战。　　缴获军车七十，受降俘虏三千。英雄鲜血染山川，肃穆高碑祭奠。

2016年12月6日

水调歌头·《本草纲目》吟

一卷传千载，济世泰安长。天然野谷花卉，华夏溢馨香。登遍山崖沟壑，穿越林涛水泊，百味待亲尝。经历含甘苦，济世煮良汤。　　集芳草，修纲目，万民康。情融热土，峰峦攀过耗时光。寒暑春秋交替，不悔终生大志，但把盛名扬。巨帙凝心血，经典耀东方。

2016年12月7日

【题解】

《本草纲目》为李时珍撰写的药学著作，共五十二卷。作者用了近三十年时间编成，收载药物一千八百九十二种，附药图一千余幅，阐发药物的性味、主治、用药法则、产地、形态、采集、炮制、方剂配伍等，并载附方一万余。该书有韩、日、英、法、德等多种文字的全译本或节译本。集我国16世纪之前药学成就之大成。该书不仅考证了过去本草学中的若干错误，综合了大量科学资料，提出了较科学的药物分类方法，融入了先进的生物进化思想，并展示了丰富的临床实践病例。该书也是一部具有世界影响的博物学著作，被国外学者誉为中国医药的百科全书。

一剪梅·岁杪感怀

鬓染霜华几度秋，岁月痕留，步履痕留。平生经历叹悠悠，勤勉无休，其乐无休。　　寂寞情甘苦作舟，摇韵诗囚，摆律诗囚。篱边月下话乡愁，酒后神游，梦里神游。

2016年12月30日

鹧鸪天·题《雄鸡唱春》图

丁酉迎春新月正，雄鸡报晓向天鸣。凭高浩气催星落，昂首纵情唤日升。　　披七斗，唱三更，经年啼早赖卿卿。闻声当舞镇西剑，勤满人间百业兴。

2017年1月15日

南歌子·观中国诗词大会有感

丁酉雄鸡唱，新坛会雅贤。百人盛况起幽燕，响彻大江南北律千篇。　　对阵飞花令，同吟菩萨蛮。唐风宋雨浸心田，且喜中华经典得承传。

2017年2月6日

卜算子·新春雅聚赠叶剑波

絮舞漫无边，绰约风姿影。冰底依稀曲水欢，已是春歌咏。　　邀聚自不孤，调侃频添兴。但等三巡酒过后，对唱飞花令。

2017年2月24日

鹧鸪天·贺《绿苑诗叶》创刊

草乍惺忪苣乍萌，喜闻绿苑举新旌。一枝柳色凭风剪，三径篱霞伴鹧鸣。　　耕宋韵，播唐情，云笺寄志放心声。不咸山下群贤梦，撷律同歌创大黉。

2017年3月23日

青玉案·游长春文庙孔子文化园

沧桑百载风云度，宇墙外、牌楼竖。古木参天幽静路。满坛花草，溢香垂露，映壁辉相顾。　　泮池如月虹桥渡，钟磬萦回乐韶赋。净化心灵当此处。讲堂频聚，传承经著，圣训常温故。

2017年3月24日

贺新郎·贺中华诗词学会和省诗词学会成立三十周年

三秩谁堪歇，唱清平，兰亭再续，举觞竿揭。每忆当年重聚首，心向高标咄咄。新图绘，情燃意烈。一任放歌曾几度，海棠吟、王府京华热。杏花赋、史留页。　满园姹紫千般勃，沐春风、根深叶茂，露甘澄澈。传统承来开流派，平仄频敲不辍。理文脉、古今衔接。南北东西观潮起，愿景长、险路无穷竭。欣望远，从头越。

2017年3月31日

钗头凤·步马凯韵贺丁酉海棠雅集

唐襟袖，秦埙奏，今声古调铭心叩。词成对，音相配。满园棠棣，霁楼霞蔚。美！美！美！　邀佳友，流觞酒，阳春三月津门口。清风贵，方圆内。群贤歌赋，韵留余味。醉！醉！醉！

2017年4月15日

鹧鸪天·外孙周岁有记

又是芳菲四月间，添添周岁阖家欢。娇声得意东西喊，稚气开心上下攀。　听故事，坐围栏，小熊宝宝不停翻。倾情父母勤呵护，快乐童年每一天。

2017年4月26日

山花子·春游吉林（安山）贡梨文化园

翠岭寒烟蝶梦翔，云枝十里挂新霜。晓看春风调色彩，引蜂忙。　　华贵雍容香淡远，芳魂玉魄韵悠长。径曲峡深多倩影，待收藏。

2017年4月28日

临江仙·吉林省诗词学会成立三十周年感怀

卅载风光圆好梦，经年而立金秋。池南池北放歌喉。松江吟雪柳，杏岭踏清幽。　　古调频弹含蕴藉，几回明月如勾。乾坤朗朗韵相酬。关东多丽句，恰似水长流。

2017年5月20日

水调歌头·记教育厅老纪检组雅聚

岁月熬霜鬓，再聚忆从前。壮心犹向千里，岂肯惧衰颜？晨起湖边剑舞，夕卧斜阳闲睹，潇洒度流年。但许平和态，步缓踏悠然。　　聊往事，心无愧，激情燃。青春小伙，光阴荏苒古稀攀。散淡江湖伴友，网络书斋常守，老亦乐无边。亲近山和水，会意养心田。

2017年5月28日

临江仙·诗人节感怀

又度端阳悬艾叶，小轩内外幽香。感怀荆楚汨罗江。臣心清可鉴，世代念忠良。　　一部《离骚》堪咏叹，《九歌》祭唱无双。丰碑高耸韵铿锵。袭承风雅颂，千古自流芳。

2017年5月30日

摊破浣溪沙·再谒敦化正觉寺

紫气环萦六鼎葱，祥云正觉佑敖东。万象红尘皆可纳，佛心中。　　风讯松涛听暮鼓，禅音鸟韵伴晨钟。因果当须人向善，普天同。

2017年6月2日

苏幕遮·赏宋轼霖篆刻偶得

寸方宽，天地小。篆籀柔丝，布阵排兵好。残破边修疏密巧。跑马开疆，无限玄机妙。　　赏青田，观玛瑙。琢璞雕花，云岫风光俏。刊石精工情未了。铁笔春秋，独向江湖老。

2017年6月6日

虞美人·品读《东篱诗词选》

春光撷韵曾多少，每向东篱早。健敲星斗夜难眠，挽住幽香菊梦伴寒烟。　　修辞历尽千般苦，化蝶当空舞。才媛妙笔写人生，但借佳山秀水寄深情。

2017年6月8日

鹧鸪天·贺《张福有诗词选续辑》出版

岁月峥嵘大梦牵，东荒魂系见虹圆。山花入赋不咸韵，雪柳成吟松水篇。　　勤笃志，久弥艰。钓翁浩气得承传。新程劲旅旌旗指，竞显风流唱凯旋。

2017年6月9日

摊破浣溪沙·贺李景喜《山风》付梓

不畏攀登健影单，痴心几度踏千山。绝顶裁云堪悦目，绽新颜。　　耳顺流年犹壮志，风光秀处摄寒烟。仁者吟风归一卷，结情缘。

2017年6月10日

清平乐·恭贺田子馥先生乔迁

乔迁水岸，芳草熏幽苑。智者高居清茗伴，惬意萦怀无限。　　推窗信手裁霞，谈诗说史人家。喜看文坛巨擘，书香续写生涯。

2017年6月26日

水调歌头·庆祝中国共产党成立九十六周年

风打南湖浪，掌舵启红船。锤镰旗帜高举，得见曙光环。百万工农唤醒，伏虎降龙致胜，奋力倒三山。大地雄鸡唱，伟业始开端。　　东方亮，霞万里，换新天。扬清除弊，齐心书写小康篇。探奥神舟揽月，独潜深洋意惬，华夏展骄颜。现代丝绸路，互利梦同圆。

2017年6月30日

西江月·贺“东疆贤达”石雕奠基

老岭通沟踏遍，曾经渤海高唐。青铜陶豆染沧桑，再现当年模样。　　沙水万千奇境，东疆十二贤良。几多故事话端详，古邑歌谣唱响。

2017年7月25日

渔家傲·庆祝人民解放军建军九十周年

义举南昌旬九度，当年弹雨枪林路。剿匪驱倭天网布，横扫处，霾开雾散迎新曙。　　号令催征擂战鼓，强军大梦今高翥。猎猎旌旗风正舞，忠魂铸，精兵亮剑江山固。

2017年7月25日

西江月·赞朱日和沙场大阅兵

旗帜飘飘塞外，铁流滚滚沙场。长缨破阵向前方，热血升腾万丈。　　统帅铿锵号令，雄师斗志昂扬。硝烟亮剑斩豺狼。构筑强军梦想。

2017年7月31日

临江仙·丁酉秋日怀乡忆旧

故里村东垂老柳，几多梦境斜阳。篱疏瘦影正花黄。鸡鸣长短调，燕话旧横梁。　　曾躲茅檐观雨落，蛙声唱乱池塘。迷藏捉遍小西岗。流年凭记忆，愈久愈牵肠。

2017年8月5日

江城子·参加第九次长白山文化研讨会感赋

初晴靖宇韵葱茏。地茸茸，水淙淙。满目秋光，绿染万千重。岭绽参花盈紫气，闻鸟语，沐清风。　　欣然九届论坛逢。又飞鸿，众相从。巨制佳篇，慷慨展才雄。文化关东前路远，攀险阻，向高峰。

2017年8月9日

西江月·农安古代遗址四首

一、元宝沟遗址

元宝沟村坎上，纺轮亘古时光。灰坑五处史深藏，破土还原真相。　　手制砂陶薄壁，石矛双脊锋长。千年岁月历沧桑，勾画云纹巨匠。

二、左家山遗址

古镇西南遗址，平川东北河边。高家村外左家山，渔猎农耕互鉴。　　弥足陶坛珍贵，尖头夹蚌苍颜。石龙琢制七千年，精美雕工再现。

三、南楼遗址

饮马松江合处，靠山台地南楼。登高望远水长流，文化遗存敦厚。　　小底陶杯素面，瓦当石杵明眸。千年残迹溯源头，偶得青铜驳锈。

四、农安辽塔

戗脊铎锤史话，经霜旧垒风云。挥戈跃马踏晨昏，霸业黄龙威震。 一部辽金演义，八千里路骁军。曾经故事说纷纷，历代兴亡叹尽。

2017年8月12日

卜算子·参观陈家店

万众一心同，书记排头雁。错落楼台道路宽，游客生惊叹。 合作社联盟，老店新村变。股份形成厚利分，现代农家院。

2017年8月19日

采桑子·农安世界雕塑

精雕赛事黄龙驻，设计高超，艺术高超，唯美容颜巨匠敲。 赏心悦目千般态，你受熏陶，我受熏陶，素质提升品位高。

2017年8月19日

长相思·温室大棚

春花黄，秋花黄，四季常青美景长。温馨梦里藏。 瓜飘香，果飘香，日子甜甜细品尝。同心奔小康。

2017年8月19日

西江月·西部小镇

异域风光小镇，挥鞭牛仔轻盈，膘骑汗血任奔腾。犹见赛场情景。　　秋色涂匀草绿，湖边柳荡丝青。排排别墅客心倾，恰入蓬莱梦境。

2017年8月19日

卜算子·农安历史名人四首

一、金太师李靖

礼典但精通，学养人尊重。精育良才社稷昌，治世安邦梦。　　贡献得推崇，廿载皆称颂。寨枕同江度晚年，柳岸黄昏共。

二、礼部尚书张孔孙

体恤乡关情，养息桑麻厚。夜雨寒门挂在心，但怕黎民瘦。　　治国显才能，理政闻声久。刚正为官洁好身，万世名不朽。

三、女书法家刘义贞

暮润又朝临，篆隶真行草。腕底生花万木春，走笔传神巧。　　刚劲且清新，册页书文好。宝殿流金大字留，但共时光老。

四、人民音乐家李劫夫

抒尽毕生情，旋律三千首。我把山歌给党听，唱响翻身后。　　民众是源泉，谱写音符秀。大路齐声铸梦长，愿景同心构。

2017年8月25日

临江仙·农安历史传说四首

一、巴吉垒的传说[①]

古镇称奇巴吉垒，动人故事频传。弟兄拜把命相连。王爷明大义，郭氏举家迁。　远近闻名生意火，关东齐鲁之间。勤劳创业共经年。情深如手足，蒙汉谱佳篇。

【注释】

①巴吉垒：现为农安县的一个镇。

二、老龙湾的传奇[①]

那段传闻堪久远，惊奇情节开篇。布衣揭榜胆包天。大臣频斗智，佳话在民间。　追溯初唐夸圣主，攸关社稷长安。但将龙脉说根源。封侯名引路，宝塔镇河湾。

【注释】

①老龙湾：系早年农安镇的名称。

三、哈拉海的由来[①]

城北烧锅于掌柜，火红日子曾经。仨儿仨媳利相争。各怀心腹事，强弱见分明。　善恶因由终有果，世间邪正堪凭。一场疟疾染苍生。幸亏山野菜，除患得村名。

【注释】

①哈拉海：系当地的一种山野菜，名为哈拉海菜。

四、黄鱼圈的故事[①]

浩荡松花江水远，蜿蜒绕过农安。涛声入梦总相牵。渔郎除恶霸，勇下老龙湾。　灿烂金鳞镶玉翅，摆头如诉情缘。由来神话越千年。鲟鳇行善举，美誉广流传。

【注释】

①黄鱼圈（juàn）：农安县靠松花江边的一个乡。

2017年8月27日

卜算子·秋夜听蛩

夜静听蛩名，隐隐如倾诉。独向更深自遣凉，叶底添新露。　　短暂数光阴，怎奈霜期顾。弱小生灵惨淡腔，曲尽堪无助。

2017年9月11日

临江仙·喜迎党的十九大胜利召开

耀眼云霞呈五色，金秋十月新妆。江山如画演沧桑。中华逢盛世，愿景万年长。　　历尽艰辛多少事，但凭镰斧高扬。风流人物谱朝纲，同心谋大业，国梦铸辉煌。

2017年9月15日

摊破浣溪沙·游东丰花海

诗旅吟怀百里游，紫烟香雾浸清秋。摄艳寻幽皆自得，趣相投。　　远近高低云影动，红黄浓淡墨痕留。醉向仙姿生蝶梦，莫回头。

2017年9月19日

清平乐·再赏东丰农民画

山乡别样，色彩飞千丈。笔下生辉描万象，燕舞春风荡漾。　心中自有云天，耕烟播雾芳笺，绮梦飞翔南北，农家妙手名传。

2017年9月20日

临江仙·中秋感怀

鸿雁一行捎旧梦，冰轮望眼中秋。萧疏蛩寂叹乡愁。云浮悠渐远，往事上心头。　岁洗铅华犹未尽，经年记忆长留。若离若现几时休。光阴如逝水，默默向东流。

2017年10月4日

清平乐·丁酉重阳感怀

秋深远眺，岭上枫林俏。耀眼流丹霞尽妙，万类霜天夕照。　菊香时节邀贤，人生易老情牵。把盏清茶慢饮，初心依旧乡关。

2017年10月26日

西江月·老宅情结

茅屋风霜染旧，泥墙汗水涂匀。榆钱灶里煮晨昏，苦涩年华莫问。　　大酱缸藏老味，柴门炕矮烟熏。疏篱残迹诉寒贫，无尽乡魂烙印。

2017年11月18日

鹧鸪天·新年更换电脑有记

新岁初临电脑更，心开一扇大窗棂。放飞思绪屏生梦，下载光阴键动情。　　吟志趣，写纵横，春风裁韵柳娉婷。由衷未改归恬淡，踏遍青山雅兴凭。

2018年2月18日

满庭芳·再回德惠九中

小径林荫，轩窗明净，此时犹想当年。归来游子，且喜尚朱颜。谆谆严师教诲，一句句，激荡心间。焉能忘,，朱批黄卷，长夜不成眠！　　今还，生百感，曾经发小，学友并肩。那朗朗书声，萦绕窗前。有梦鲲鹏万里，再回首，往事如烟。销魂处，乡关踏遍，碧野远连天。

2018年2月19日

鹧鸪天·贺全省诗教会议在岭城召开

岭上挥旌六月天，莺啼曲岸柳溪潺。轻风煮韵烹鲜句，细雨调琴奏雅篇。　谋普及，话登攀。植根沃土叶枝繁。廉碑再竭新潮动，唱响清平大野间。

2018年6月3日

西湖·携外孙“添添”回乡采摘

娇小声音稚嫩，提篮脚踏童谣。摘完柿子摘青椒，架下新留欢笑。　木栅重围色彩，果枝欲坠香飘。园中幽梦被风撩，扯片秋光收好。

2018年8月25日

沁园春·通化县礼赞

放眼秋光，点绿标红，色彩缤纷。看茂山苍翠，云霞似锦；佟江浩荡，波浪如银。德厚邦兴，政通民化，淳朴村风四季春。施妙举，让城乡联动，丽景无垠。　千年古邑传真，自汉晋昭功物象新。现边陲重镇，文明引领；蓝图大计，项目频跟。宜业宜居，诗吟歌咏，美好家园日日臻。堪信得，踏康庄正道，域富民殷。

2018年9月22日

卷四　散曲

【正宫】塞鸿秋·夜读

独熬苦夜寒灯亮，翻开皱卷心涛撞。浮生剑影厮声荡，鲜活面孔额前晃。宫墙轶事多，功过谁人量。犹听白发渔樵唱。

2012年4月10日

【越调】天净沙·观石竹叶作画

轻描细蔓丝瓜，慢勾清水须虾，双雀枝头问答。再调嫣姹，牵牛爬上篱笆。

2012年4月10日

【题解】

内子石竹叶在吉林省老干部大学学习国画，每次学习归来，都铺案调色，认真完成课后作业，余闲暇时偶尔观之。

【南吕】四块玉·记忆中的同村长者

蛤蟆头[①]，粗烟斗，劳作之余嘴边遛。老榆树下双翁瘦。一属牛，一属猴，闲对酒。

2012年7月5日

【注释】

①蛤蟆头：黄烟中最辛辣的一个品种，儿时曾饱受烟熏之苦。

【中吕】山坡羊·记少年与邻家大伯下棋

茅庐柴灶，歪脖树茂，矮檐童叟棋招妙。士支牢，马离槽，出车飞象当头炮。直到黄昏光渐少。输，没下好；赢，是碰巧。

2012年7月6日

【正宫】塞鸿秋·打乒乓球

蓝台振臂轻如燕，银星飞动弧如线。挥拍你扣疾如箭，接招我挡稳如堰。时光慢慢流，技巧天天练。健身房内欢声溅。

2012年7月15日

【正宫】塞鸿秋·秋游九台马鞍山柴福湖

高秋约赴边台路，松山攀顶红枫怒。平湖碧水留车驻，青蔬鲜鲤邀人顾。濡毫看墨飞，把盏听樵渡，海之蓝梦牵情愫。

2012年10月16日

【题解】

是日，长春诗友应九台诗友之邀，游马鞍山。中午就餐于柴福湖，饮海之蓝酒。

【正宫】叨叨令·记樵夫幽燕腊八日看望老耐

凯哥哥款客有群贤到，关东的小调数樵夫妙，辽南的燕子把春音报，依家的吉语胜灵丹药。祈福了也么哥，祝愿了也么歌，憨憨的老耐开怀笑。

2014年1月9日

【越调】天净沙·春耕

春风又过山洼，村头老柳抽芽，幽舍夕阳照瓦。扶牛夜话，清晨遍地播霞。

2014年3月26日

【双调】红豆曲·读《岁杪述怀》戏说丰清兄

说不尽皇城根下读书卷，叹不完雪夜关东数九天。品不够龙泉老酒酡颜现，朦胧醉搜肠呼律篇。自抱得傲骨清高耻附炎，人道是腿瘸心正嘴能辩。忘不了的诗缘，挥不去的词恋。呀！写尽了这苦辣酸甜曲难散，听一部《桑柘》唱流年。

2015年1月8日

【正宫】叨叨令·悼者的牢骚

人生百味酸甜辣，如今什么都提价。西行路费听惊诧，现金大把谁能画？死不起了也么哥，死不起了也么哥，还是加油好好活着罢。

2015年1月12日

【正宫】叨叨令·贺邵红霞荣任关东诗阵首版

生来心胸开朗形难瘦，常听娇声细嗓呼洋舅。织成红丫小筑诗风秀，霞飞关东首版头衔就。任重了也么哥，道远了也么哥，聚得屏前满目清平奏。

2015年1月13日

【正宫】塞鸿秋·江岸凇韵

苍穹漫漫飞花信，琼葩簇簇排新阵。烟峦叠嶂无穷尽，寒江艄曲听冬韵。玲珑素锦裁，剔透轻纱衬。冰魄储蓄阳春讯。

2015年1月23日

【正宫】塞鸿秋·戏说当年

少年迷恋关东戏，老爹骂俺难成器。边戎数载军歌替，桃花一曲心中系。山巅小调飞，阔野高音递。登台偶尔铿锵句。

2015年2月22日

【越调】天净沙·贺张福有兄六十六华诞

圆虹绝顶流霞，讷殷浪里飞花。驰骋关东俊雅。春秋冬夏，心追无悔生涯。

2015年4月29日

【双调】红豆曲·赏红楼梦诗词留句

唱尽了春花秋月黄昏后，吟多少男欢女恋相思豆。听惯了风流轶事别泪流，真无比艺苑奇葩记石头。难得那一代文豪心血酬，才留下珠玑满目丝弦奏。散不去情愁，掩不住的初窦。呀！那堪是读不厌的画卷椽笔秀，做不完的绮梦在红楼。

2015年6月15日

【题解】

《红楼梦》中的诗词，是著作的重要组成部分。曹雪芹根据书中不同的人物形象而写出不同风格的诗词。其中，诗八十一首，词十八首，曲十八首，赋一篇，歌三首，谚一首，偈四篇，谣一首，赞文一篇，诔文一篇，灯谜诗十三首，诗谜十一首，曲谜一首，酒令十六首，牙牌令七首，骈文一篇。比较著名的有《葬花吟》《枉凝眉》《芙蓉儿女诔》《红豆曲》等。

【中吕】十二月带过尧民歌·贺吉林省诗词学会二届二次理事会召开

春城内鲜花正绚，林荫中大道伸延。省宾馆华灯数盏，理事们汇聚情燃。报告里蓝图绘远，达共识云路登攀。　忆采风难忘那当年，抖诗囊史上载佳篇。话源泉流派得承传，黑土地育出大林园。空前，空前，群英雅韵骈，阆苑留经典。

2015 年7月21日

【双调】红豆曲·参观长影旧址博物馆

历尽了流金岁月光阴旧，记录了万水千山情满楼。看不厌英雄儿女心弦扣，听不够金花五朵委婉喉。最难忘甲午风云多事秋，常萦绕精英铁血烽烟骤。翻不倦的镜头，数不清的影后。呀！但见得摇篮竞绽百花秀，裁剪那如诗故事演风流。

2015年9月26日

【题解】

2015年9月24日至25日，中华诗词学会副会长赵永生、副秘书长黄小甜，验收东丰县创建“中华诗词之乡”工作结束后来长。省诗词学会副会长吴文昌、邵红霞为两位同志接风，省诗词学会副会长蒋力华为两位同志送行。期间，张岳琦同志亲自联系参观“长影旧址博物馆”事宜，由我陪同前往，游览了长春电影制片厂的发展历程，感慨之余写下红豆曲。

【中宫】喜春来·写春联

欣然走笔新春闹，童叟相拥兴致高。祥词吉语化歌谣。拍手笑，贺岁庆丰饶。

2016年1月26日

【中宫】塞鸿秋·初乘动车

海豚相貌车头酷，银蛇形体风驰速。出行驴友频光顾，穿山越岭云深处。中枢促业兴，良策扶民富。欢声洒向康庄路。

2016年3月16日

【正宫】学士吟·恭王府海棠雅集颂

盈枝滴翠娇容透，沐雨露芬芳轻抖。似姮娥静倚琼楼，淡远香魂独守。　　【幺篇】海棠吟雅苑情牵，会聚四方魁首。趁良宵月色琼华，正烛影摇红走秀。

2016年4月1日

【题解】

恭王府“海棠雅集”的历史最早可以追溯到恭亲王奕訢的孙辈溥儒、溥僡时期，北方昆曲剧院的张卫东先生曾在2012年致信恭王府，因其祖上与恭王府有姻亲，便于信中讲道：“‘海棠雅集’活动是恭王府的定制，一般在阴历三月十五至十八之间的上午，在府内花园西北角举行。当时院中有几株百年海棠，称为西府海棠。恭亲王奕訢的孙辈溥儒、溥僡都是民国以来的大儒，而恭王府海棠雅集最兴盛的时期就是由溥儒先生主持的时代。”启功在《溥心畬先生南渡前的艺术生涯》中追忆了当时雅集的一些情况：“由于居处较近，吾到雪斋先生家去的时候多些。也常到萃锦园中，登寒玉堂，专程向心畬先生请教……每年翠锦园中许多株西府海棠开花的时候，先生必以兄弟二人的名义邀请当时的若干文人来园中赏花赋诗。被约请的有清代的遗老，有老辈文人，也有当时有名气的旧文人，如陈仁先、章一山、沈羹梅等。”

至辅仁大学期间，陈垣校长遍约京城学人到此相聚，王国维、余嘉锡、陈寅恪、鲁迅、顾随、张伯驹、沈尹默等名宿巨擘多流连于此，并互有唱和，吟诗作赋，效仿前人，还成立了海棠诗社。辅仁大学校刊《辅仁生活》第十五期对诗社活动有明确的记载且刊录了社员诗词几十篇。彼时的恭王府海棠雅集也是极尽风雅。只是此后，几番时迁事易，“海棠雅集”逐渐沉寂下去。

直至2010年4月，周汝昌先生致信恭王府，倡议在恭王府重新设立海棠诗社。周汝昌先生认为：一个府邸，修缮得再完好，也无非是个物质空间，想要尽可能地复其原貌，必须要将其内在的精神活动加以复原，还原其内在的生命力。依照周汝昌先生的建议，第二年初春，园内海棠初开之际，2011年辛卯“海棠雅集”得以成功举办。

2012年壬辰春日，周汝昌先生的诗稿随第二届雅集邀请函一并发出后，众多诗家依韵唱和。前国务院副总理李岚清同志专门题写“海棠雅集”四字，时任国务委员兼国务院秘书长的马凯同志虽因政务繁忙未能出席，但托李文朝将军带来了雅集诗作，使得众多诗家竞相唱和，将壬辰雅集推向一个高潮。

【中吕】喜来春·净月潭之春

新枝挂蕾迎风笑，媚态妖姿水岸娇。暗香送暖荡心潮。花色好，桃李放童谣。

2016年4月23日

【越调】天净沙·题《瑞雪丰年》照

白山脚下晴霞，木屋雪卧篱笆。岁稔红灯已挂。迎春残腊，祥和小院人家。

2016年12月12日

【中吕】喜春来·清晨踏雪

悄悄一夜琼如海，冷韵盈枝破晓开。桥头缓步壮诗怀。凇染柏，心曲唤春来。

2017年3月12日

【双调】步步娇·长春友谊公园赏梨花

雨后初晴环眸望，似雪娇妍放。喜若狂，雅态清姿任端详。雀儿忙，展翅扇香浪。

2017年4月24日

【中吕】十二月带过尧民歌·贺“两会”胜利闭幕

又吹响催征号角，望神州荡漾春潮。大会堂群贤聚早，代表们共话妖娆。抒己见民主是宝，谋国是大计商好。　　美蓝图巧手新描，遵宪法权威至高。快脱贫富庶堪标，把梦圆独领风骚。今朝，今朝，让万户千家恁自豪，同心唱义勇铿锵调。

2018年3月19日

【中宫】塞鸿秋·赞南海大阅兵

三军统帅宁神注，一排大阵劈波路。精兵巨舰冲天怒，昂扬迷彩驱妖雾。铿锵训令颁，矫健银鹰护。海疆万里磐石固。

2018年4月13日

【中吕】喜春来·谷雨后一日雨中散步

风梳曲柳摇新浪，雾笼梨花暗送香。枝头麻雀唱春光。晨韵爽，细雨润柔肠。

2018年4月21日

后　记

在编辑诗词选期间，曾有几位诗友去长白山诗社看我，话题自然离不开谈诗。其中，涉及内容较多的仍是平水韵与新韵的关系问题。我劝言，不要互相排斥，诗写得好与坏，不在于用什么韵。你看，白衣（温瑞）用平水韵，布典（孔繁宇）用新韵，各自写的都很好嘛。这个观点似与邵红霞颇为相似。一个高水平的诗人，用什么韵都能写出好诗。相反，功夫不到家，用什么韵都不见得能出佳作。平水韵是古人留下来的格律游戏规则，大家遵循了那么多年，功不可没。即使有一天，颁布了统一的新韵通则，作为写诗的人，依然需要懂得平水韵，依然需要掌握入声字。否则你欣赏岳飞的《满江红》，欣赏苏轼的《赤壁怀古》等美篇就会产生障碍。因此，我赞美平水韵："龙泉一脉汾流远，平水四声神韵长。"赞美它，是因为它做出了历史性的贡献。但毕竟过去了几千年，人们的语言和发音等都发生了很大变化。尽管我也用平水韵，但我写诗从来不把类似"虞、衢"和"湖、图"的字放在一起，因为放在一首诗里，今人读起来感到别扭。规则也需要与时俱进，也需要与时代同步，因此，重新修订和颁布新韵是迟早的事。

在没有修订和颁布新韵之前，遵循原有的规则游戏还是应该的。我的这部诗词选，共选编了诗词曲505首，依然是诗依平水韵，词依词林正韵，曲依中原音韵。在诗词选即将付梓之际，我的内心感慨万千。诗人能出版一本诗集，是一件多么快乐的事啊。但又是一件十分辛苦的事，从组稿到一次又一次的修改，漫长而又劳神。我的这部诗词选，在编辑过程中，除了凝聚个人的心血之外，也着实让我的同道好友花了不少功夫。初稿发到邮箱后，张福有、蒋力华、吴文昌、温瑞、邵红霞、高丰清、黄春华、张应志等同志先后用不同方式提出了宝贵的意见和建议，使作品剔除了不少瑕疵，大大减少了遗憾。在此，我由衷地向他们表示感谢。

沈鹏云

2019年5月30日

总　跋

经与蒋力华先生多年的思考、谋划与操办，在我省老领导王云坤、张岳琦、唐宪强的关心、支持下，在吉林省委宣传部、吉林省财政厅、白山市委、吉林省文史研究馆、吉林省长白山文化研究会和时代文艺出版社的大力支持下，吉林省诗词学会、长白山诗社认真操作、实施，“长白山诗派丛书”终于面世。

“长白山诗派丛书”，原思路是编撰“长白山诗词流派丛书”，以长白山天池为发端，将沿大泽、松花江、鸭绿江、图们江、伊通河、东辽河、辉发河、浑江、牡丹江、嫩江等江河的诗人之作品分别结集成卷，再加上一卷黑土地农民诗人卷，共编辑出版三百卷，已经列出入围名单。在征求意见时，各方普遍感到规模过于庞大，缺乏财力支持，难以启动和实现。后来，便收缩了范围，缩小了规模，改为“长白山诗派丛书”，规模为一百卷，分三年完成。2019年，是新中国成立七十周年，就先出七十卷，向国庆七十周年献礼。2020年，是长白山诗社成立三十七周年、吉林省诗词学会成立三十三周年、吉林省长白山文化研究会成立二十周年，再编辑出版三十卷，完成一百卷的创新、补白之举。

中国作为诗的国度，“诗派”之说古已有之。盛唐之诗代表了唐诗的最高成就，这是唐诗的第一个高峰。其标志是两大诗派：一是以王维、孟浩然为代表的山水田园诗派，二是以高適、岑参为代表的边塞诗派。李白和杜甫是盛唐双峰并峙的伟大诗人，他们的诗歌代表了唐诗乃至中国古典诗歌的最高成就。唐德宗贞元到唐宪宗元和年间（785—820年），唐诗发展的第二个高峰出现了。其标志也是两大诗派的崛起：一个是以白居易为首，元稹、张籍、王建、李绅等人为羽翼；另一个是以韩愈为首，孟郊、贾岛、卢仝、李贺等为羽翼。他们面对诗的创作“极盛难继”的困境，敢于追求变化创新，努力从博大精深的杜甫诗中汲取开拓创新的思想艺术营养，学习杜甫“因事立题”、用乐府诗反映民生疾苦，使杜诗的现实主义精神得到进一步发扬光大。他们继承了杜甫在艺术上刻意求新、富于创造性的精神，写险怪、写幽僻、写苦涩、写冷艳等，以散文章法、句法入诗，并且大量使用一些非前人诗中所习见的词语，押险韵，拓展了诗的表现领域，丰富了诗的创作手段和艺术风格，推动了唐诗的发展。现在，我们距唐诗第二个高峰，已历约一千二百年。

清代诗人宋荦在《漫堂说诗》中写道：“唐以后诗派，历宋、元、明至今，略可指数。宋初晏殊、钱惟演、杨亿号‘西昆体’。仁宗时欧阳修、梅尧臣、苏舜钦谓之欧、梅，亦称苏、梅，诸君多学杜、韩。王安石稍后，亦学杜、韩。神宗时，苏轼、黄庭坚谓之苏、黄。又黄与晁补之、张耒、陈师道、秦观、李廌称苏门六君子。庭坚别开‘江西诗派’，为‘江西’初祖。南渡后，陆游学杜、苏，号为大宗。又有范成大、尤袤、陈与义、刘克庄诸人，大槩杜、苏之支分派别也。其后有‘江湖’四灵徐照、翁卷等，专攻晚唐五言，益卑卑不足道。金初以蔡松年、吴激为首，世称‘蔡吴体’。后则赵秉文、党怀英为巨擘，元好问集其成。其后诸家俱学大苏。元初袭金源派，以好问为大宗。其后则称虞（集）、杨（载）、范（梈）、揭（徯斯），元末杨维祯、李孝光、吴莱为之冠，前如赵孟頫、郝经，后如萨都剌、倪瓒，皆有可观。明初四家，称高（启）、杨（基）、张（羽）、徐（贲），而高为之冠。成、宏间李东阳雄张坛坫。迨李梦阳出，而诗学大振，何景明和之，边贡、徐祯卿羽翼之，亦称四杰，又与王廷相、康海、王九思称七子。正、嘉间又有高叔嗣、薛蕙、皇甫氏兄弟稍变其体。嘉、隆间李攀龙出，王世贞和之，吴国伦、徐中行、宗臣、谢榛、梁有誉羽翼之，称后七子。此后诗派总杂，一变于袁宏道、锺惺、谭元春，再变于陈子龙。本朝初又变钱谦益。其流别大槩如此。"

关于清诗流派，众说纷纭。《清诗流派史》一书细分了二十多个诗派，竟无一个长白山诗派，显然值得思索与商榷。长白山诗派是个客观存在，不论是否论及，都否定不了其实际上的存在。这一点，本书总序中已有论述，恕不赘言。

长白山地处东陲，"东陲无文"之见根深蒂固。传承、繁荣长白山诗派，是长白山地区诗人责无旁贷的使命。在这方面，我们努力了。从1994年蒋力华在白山市主持召开全国第一次长白山文化研讨会、1996年我在白山市主持召开全国第二次长白山文化研讨会、1998年我在白山市主持召开第三次长白山文化研讨会暨《长白山诗词选》首发式起，我们持之以恒地努力了二十多年。这二十多年，我们主要做了三件事：

一是，梳理了长白山诗词在中华诗词中的源流关系。雄伟的长白山和广袤的关东大地，是孕育长白山诗词的肥沃土壤。类利的《黄鸟歌》，是长白山下第一首有确切作者名字的带有《诗经》风格的四言诗。隋炀帝的《纪辽东》，是词的源头。其中写道"清歌凯捷丸都水，归宴洛阳宫"，丸都，就在长白山下。李世民的"驻跸俯丸都，伫观妖氛灭"，亦然。李白的《高句丽》《送王孝廉觐省》，直接写长白山下的土著。苏东坡的《人参》，直接写到长白山的特产。陆游的"鸭绿桑幹尽汉天""却回射雁鸭绿江"，都是写长白山发源的鸭绿江。张元幹的"山拥鸡林，江澄鸭绿"，正是长白山的景物。王寂的《张子固奉命封册长白山回以诗送之》，是以诗证史的权威诗作。赵秉文的《长白山行》、刘敏中的《卜算子·长白山中作》，不可多得。元曲中的"雄赳赳，气昂昂"，成为中国人民志愿军军歌的歌词。朱元璋的《鸭绿江》，康熙的《望祀长白山》《松花江放船歌》，尤侗的《长白山赋》，吴兆骞的《长白山》《长白山赋》，曹寅的《乌拉江看雨》，纳兰性德的《柳条边》，乾隆的《望祭长白山》《吉林土风杂咏十二首》，顾太清的《冰灯》，吴大澂的《皇华纪程》，张凤台的《赠刘建封勘查长白山》，刘建封的《白山纪咏》，吴禄贞的《又留别长白山》等，不胜枚举。两千多年，诗咏长白，一脉相承；脉发长白，源远流长。中华民族诗的传承在东北、在吉林有脉可寻。从隋炀帝的《纪辽东》到康熙的《松花江放船歌》，就是一部史诗，也是关东大地的历史，清晰地记载着、深远地影响着中国的历史。以诗可以纪事，以诗可以证史。

二是，搭起了以诗词贯通古今的桥梁和平台。新的长白山诗派，由1998年《长白山诗词选》的出版开始，代表着新气象之开端，至今已二十一年。2004年，吉林省诗词学会与“中华诗词论坛”合办“关东诗阵”，至今已历十五年。“吉林诗词现象”“关东诗阵现象”，已经在中华诗词界得以公认。这应是中华诗词由复苏到复兴进程中的新生事物。我们以“关东诗阵”为主要平台，组织东北以及关内关心东北地区诗词文化建设的诗人，坚持集中开展采风创作，紧紧围绕长白山诗词流派建设，以诗纪事、以诗证史，在创作中培养、提高队伍。“吉林诗词现象”和“关东诗阵现象”，实质上是当代中华诗词的一种创造性实践，是长白山诗派复兴和崛起的象征。

自2007年以来，我们搞了二十多次采风创作，在吉林人民出版社、吉林文史出版社、时代文艺出版社出版了二十多部大型主题诗词专集。在“华夏杯”等全国诗词大赛上，邵红霞等诗人多次获大奖，吉林省诗人甚至曾囊括一、二、三等奖和优秀奖。

《长白山诗词》杂志，有国内和国际公开刊号、有经费、有编制，成为诗人永远的家园……《长白山诗词》创刊三十五年，已出刊一百五十期，刊发诗、词、曲等七万多首。《长白山诗词选》收录诗词作品一千一百六十一首。《中华诗词文库·吉林诗词卷》刊发诗词三千五百五十五首。二十多部采风专集收录诗、词、曲、赋三万余首。直接写长白山等景物的计约一万五千首。这是之所以敢称长白山诗派的雄厚的诗词作品基础和现实的工作基础。

三是，培养了队伍，创作了一批标志性作品。拙斋与蒋力华先生写长白山及关东地区景物的诗词，都在一千首以上。这都是从来没有过的。我们整理、新创了《纪辽东》《玉甸凉》《海龙吟》《一剪梅引》等新词牌，得五千多首作品，温瑞先生称其“具有里程碑的意义”。自2005年以来，连续十五年举办迎春唱和活动，范围包括全国各省，和诗数量近万首，古之未见。在诸如“呼唤”“蟹岛唱和”“海棠雅集”等当代国内最重要的诗词活动中，我们大致都提供了二分之一的作者、三分之二的作品。范围之广、数量之大、反应之灵敏、集结之快速，都是关东诗阵、诗域吉林的特殊存在、实力所在。拙作《张福有诗词选续辑》的出版，被誉为当代长白山诗派的代表作和巅峰，直接促成了“长白山诗派丛书”的立项。

从诗教和诗词基本建设方面来说，我们有意识地下了很大功夫。吉林省诗词学会老会长、长白山诗社社长张岳琦携女张昕所著的《诗词格律简捷入门》，一版再版，深受欢迎。拙著《诗词曲律说解》，公木先生作序，畅销南北，免费发在“国学宝典”网上，惠人无数。吴文昌的援藏援疆新边塞诗，蒋力华的《纪辽东》，张应志的《关东历史名贤百咏》，温瑞的民间风情，聂德祥的《虎啸集》等，都可圈可点。在被周笃文先生誉为“关东铁军”的兵团中，有十分耀眼的女子方阵和农民方阵。王述评、于子力、胡玫、王丽珠、赵凌坤、李容艳、奚晓琳、黄春华、陈静、卢海娟、林丽、吴菲，被称为“十二仙媛”，出版了《十二仙媛集》。许清忠、李彦、刘振翔、张利春、王雪梅、王玉孚、杨丽、高俊香、常红岩、冯振江、杨秦山、郎丽萍、金福昌等一批农民诗人和赵志梅等一批工人诗人，已经成为吉林黑土地上的知名诗人。

由上可知，2010年杨金亭先生关于“可以说，长白山诗词流派，现在已经初步形成”的概括，是符合实际的。面对如此丰厚的成果，我们有责任将其裒辑成卷，以便于当代及后人研究。我们面临一个新时代、好时代。这一时代的长白山诗词创作，着眼历史使命，秉持人民立场，坚定文化自信，繁荣诗词创作，记载发展历程，积累创作经验，是不可断条、不可或缺的。留下我们所处时代的诗的韵律、诗的画卷、诗的记忆，不负我们所处的伟大时代和庄严使命。这套丛书的出版，也有助于消除“东陲无文”的偏见。

“长白山诗派丛书”已入选的作者和作品，无疑是当前吉林省和辽宁省、黑龙江省诗人中的佼佼者和代表作，但并非没有不足之处。同时，由于名额所限等因素，还有一些作者、佳作未能入选。这当然是一个遗憾。好在还有多种渠道和路径，会不断弥补这个遗憾。应当相信，只要是好诗词，就不会被埋没。

“长白山诗派丛书”的出版，既是对一个阶段长白山诗词成果的集中检阅，又是一个新的起点和标志。以往若干研究中国东北文学和诗词的学者，大都无视当代旧体诗人之作。这不能怪别人，至少我们没有系统呈现这方面的丰硕成果。相信“长白山诗派丛书”出版之后，这一情况会有所改观。如此丰硕的诗词成果，是不容忽视的。至于如何评价，那是又一回事，而且对于现在来说，那不是主要的。是非成败，悉由后人评说。

最后，还要由衷地感谢王云坤同志为“长白山诗派丛书”题签。感谢省委宣传部和时代文艺出版社，自觉贯彻落实习近平总书记关于文化建设一系列重要指示，积极立项“长白山诗派丛书”一百卷。这是长白山文化事业建设的大举措，是一种高度的文化自信和文化自觉。时代文艺出版社决定要出精装本，精心选择印刷厂家，体现了高度重视和担当精神。在编辑的过程中，经费不足，得到了白山市委的给力支撑，这也是高度的文化自信和文化自觉的鲜明体现。全省各级诗词学会和诗词组织，认真贯彻落实省诗词学会的部署，精心选择、推荐作者，积极帮助准备作品，在极短的时间内，高效地完成各项任务。所有作者都积极主动，像珍惜生命一样珍惜这样千载难逢的好机会，认真选稿，反复修改。“长白山诗派丛书”的主编、副主编、编委会成员以及出版社的编辑、制作团队，日夜兼程，加班审稿、改稿，扫除差错。正是各方面的配合与努力，使这项空前的诗词文化工程得以顺利完成，并以此向新中国成立七十周年献礼。

总跋赘语

赫然百帙出东陲，率发洪荒力共推。
十六奇峰围大泽，三千弱水毓雄碑。
磬音启昧缥缃醉，手斧披榛锦绣维。
聊引遐陬通韵府，一开绮卷一扬眉。

張福有

2019年4月20日于长春养根斋